KB094986

강한
금강불괴
되다

강한 금강불괴 되다 10

김대산 현대 판타지 소설

초판 1쇄 찍은 날 § 2020년 3월 9일
초판 1쇄 펴낸 날 § 2020년 3월 16일

지은이 § 김대산
펴낸이 § 서경석

총괄팀장 § 노종아
편집책임 § 강민구
디자인 § 소소연

펴낸곳 § 도서출판 청어람
등록번호 § 제387-1999-000006호
등록일자 § 1999. 5. 31
어람번호 § 제1-3096호

주소 § 경기도 부천시 부일로 483번길 40 서경B/D 3F (우) 14640
전화 § 032-656-4452 팩스 § 032-656-4453
http://www.chungeoram.com
E-mail § chungeorambook@daum.net

ISBN 979-11-04-92167-4 04810
ISBN 979-11-04-92031-8 (세트)

MODERN FANTASTIC STORY

강한 금강불괴 되다

[완결]

10

김대산 현대 판타지 소설

도서출판 청어람

강한 금강불괴 되다

Contents

제6장

유인

난입

케이블 채널 UTN의 밤 9시 뉴스가 생방송으로 진행되고 있는 중이다. 갑자기 두 사람이 스튜디오로 난입한다.

30대쯤의 나이에 스포츠형의 짧은 머리를 한 괴한과 20대 초반쯤의 아직 앳되어 보이는 여자인데 둘 다 방송 관계자는 아니다. 더욱이 괴한이 여자의 뒷덜미를 움켜잡아서 끌고 있는 것과 여자의 얼굴이 공포에 질려 있는 모습에서 스튜디오는 당장에 경악과 대혼란에 빠지고 만다.

한발 늦게 달려온 경비원들과 스튜디오에 있던 방송 스태프들이 난입자들을 제지하려 달려든다. 그러나 그때다. 여자를 끄는 채로 곧장 데스크로 다가선 괴한이 갑자기 권총을 꺼내서는 앵커의 머리에다 들이댄다. 순간 스튜디오는 경악 속에 그대로 얼어붙고 만다. 다만 그런 중에도 메인 카메라는 계속 데스크로 앵글을 맞추고 있다.

다시 그때, 괴한이 뭐라고 외친다. 그러나 그 발음이 어눌한 데다 더욱이 앵커가 찬 무선마이크를 통해서 들리는 까닭에 소리가 선명하지 않다. 그런데 생방송 뉴스의 카메라가 여전히 돌아가고 있다는 의무감에서일까? 오디오 감독이 예비로 준비해 둔 붐마이크(boom mike)를 집어 든다. 그리고 덜덜 떨리는 손길로도 붐을 조심스럽게 뻗어서 괴한의 머리 위로 마이크를 붙인다.

"조상태! 진초희!"

괴한이 다시 외치고, 이번에 그 소리는 제법 선명하다. 괴한이 조금 더 분명한 소리로 한 번을 더 외친다.

"조상태! 진초희!"

그리고 다음 순간이다. 괴한은 돌연 권총의 총구를 돌려 자신의 머리에다 댄다. 이어 지켜보던 사람들이 경악할 틈도 없이,

탕~!

하는 총성이 울린다. 순간 스튜디오는 차라리 정적 속에 빠졌다가, 괴한의 몸이 풀썩 바닥으로 허물어지고 나서야 뾰족한 비명들이 터져 나온다.

"악~!"

"아~악!"

그런 중에 여자가 두 손으로 머리를 감싸 쥔 채로 공포에 질려 있는 것을 앵커가 얼른 어깨를 낚아채듯이 하여 데스크를 벗어난다. 이어 방송사 경비원들이 우르르 달려들지만 막상은 어떻게 수습을 하지 못하고 우왕좌왕 분주하기만 할 뿐이다. 그 아수라장의 현장을 카메라가 계속 비추고 있다.

시도

긴급 보도를 통해 방송사의 괴한 난입 사건을 접한 김강한은 크게 놀라고 만다. 우선은 생방송 뉴스가 진행되는 스튜디오에 난입한 괴한이 외친 이름들 때문이다. 바로 진초희와 그의 이름인 것이다. 이어 괴한이 강제로 끌고 들어온 여자의 얼굴이 화면에 비치는데, 그가 익히 아는 얼굴이다. 바로 세희다. 진세희! 따라서 확연해진다.

'놈들이다!'

그렇다. 구마천이다. 놈들이 진세희를 통해 그에게로 접근

하려는 시도이리라!

그래도 다행이다

그때 먹자골목 안에 있던 어느 곱창 가게에 들렀다가 만난 시간제 알바 아가씨! 진세희!

진초희와 진세희는 첫인상에서부터 뭔가 비슷하고 닮았다는 느낌인 데다, 같은 성에다 돌림자인 듯이 이름마저 비슷한 데서는 우연을 넘어 어떤 묘한 인연까지를 상상해 보게 만들더니, 이윽고 둘은 그 자리에서 언니 동생 하는 사이로 발전했다. 그리고 이후로도 두 사람은 서로에게 조심스럽게 배려하며 각별하게 친분을 이어가고 있는 중이다.

진세희가 진초희에게 그렇게나 소중한 존재로 되어가고 있는 이상에는, 김강한에게도 또한 그만큼의 소중한 존재일 수밖에 없다. 그러나,

'그래도 다행이다!'

김강한이 일단 솔직하게 드는 생각은 그렇다. 진초희가 이 일에 대해 알지 못할 것이라는 점에서의 다행이다.

진초희와 이철진 등이 휴대폰은 물론이고 신용카드 등 추적을 당할 여지가 있는 모든 것을 따로 둔 채로 맨몸이다시피 떠난 데다 남해에 도착하는 대로 곧장 승리호에 올라 숙도로

향할 것이니, 굳이 일부러 알리지 않는 이상에는 이런 상황에 대해 알지 못할 것이다.

진초희가 안다면 얼마나 마음 아파할 것인가? 뿐이랴? 위험을 감수하고라도 당장에 진세희를 구하고자 조급해할 것인데, 진세희에 대한 그녀의 마음을 아는 그로서는 진정시키기가 쉽지는 않을 터다.

의도

"아무래도 세희를 이리로 데려와야겠습니다."

김강한의 그 말에 대해서는 최유한 박사가 무겁게 고개를 가로젓는다.

"그건 안 됩니다!"

"세희를 저대로 둘 수는 없습니다. 그랬다가 또 무슨 일이라도 생기면……."

"세희 양 때문에 조급하실 줄은 압니다. 그러나 이런 때일수록 냉정하고 치밀하게 대응을 해야만 합니다. 우선은 이런 상황을 만든 저들의 의도와 계산이 무엇인지부터 정밀하게 판단을 세우고 난 이후에, 그다음의 대응 방향을 정해야 합니다. 그러지 않고 성급하게 우리의 요새부터 노출시킨다면 자칫 전체적인 전략의 틀에 중대한 차질이 발생할 수 있습니다."

그런 데는 김강한이 애써 스스로를 추스른다. 최유한 박사가 차분하게 말을 보탠다.

"일단은 세희 양을 다른 안전 장소로 옮겨서 어떻게 된 일인지 파악부터 하도록 하죠. 아무래도 저들은 세희 양을 통해서 우리에게 어떤 메시지를 전달하려는 것 같으니 말입니다."

심리 귀속(心理 歸屬)

김강한은 국정원의 협조를 받아 경찰로부터 진세희를 인계받고, 다시 17호 안가로 그녀를 이동시킨다. 극비의 보안 통제 속에 이루어진 일들이다.

진세희는 마치 넋이 빠진 것처럼 내내 멍한 상태로 김강한을 알아보지도 못한다. 그런 데서 그는 그녀가 일종의 강력한 최면에 걸린 상태라는 것을 알아본다. 아니, 최면보다는 훨씬 더 강력하다는 점에서 심리 귀속(心理 歸屬)이라는 표현이 좀 더 적합하겠다. 즉, 마음과 의식이 전적으로 다른 누군가의 소유가 되어 완전한 지배를 당하고 있는 상태라고 할까?

그가 천락비결상의 최면요법으로 그녀의 심리 귀속 상태를 해제시키려는 시도를 해보지만, 진세희가 극렬하게 고통을 호소하는 터라 이내 포기하고 만다. 그때다. 진세희가 문득 깨어나며 목소리를 내고 있다.

"조태강, 아니, 조상태! 나는 지금 이 아이의 눈을 통해서 너를 보고 있다."

첫 대면

아니다. 깨어난 것은 그녀가 아니다. 그녀의 목소리는 그대로이나, 그 딱딱한 말투와 무표정과 초점 없는 시선에서 그녀는 진세희가 아니라, 전혀 이질적인 다른 존재다. 바로 그녀를 귀속시키고 있는 주체이리라!

"나는 구마천의 대천주다!"

진세희가 이어내는 말에서는 과연 그다.

'심대한 포부와 무서울 정도로 치밀한 심계를 지닌 최고의 능력자! 역사상 존재했던 그 어떤 제국보다도 월등히 압도적인 무력과 재력과 권력과 정보력 등의 총체적인 역량을 보유하고 있으며 보이지 않는 중에 세계를 주무르고 있는 구마천의 지배자! 이미 더 이상 이룰 것도 없고, 오를 것도 없는 가히 정점의 단계에 올라 절대자의 허무를 느낀다는 자!'

독마가 말하던 바로 구마천의 대천주 심마다. 독마가 또한 말하기를, 심마는 김강한에 대해 고대의 전설로부터 운명처럼 정해진 숙적이기를 절실하게 기대하는 것이라고 했다. 그리하여 그가 스스로의 허무를 위로하고 나아가 오래전에 잃어버렸던 신선한 생명의 활기를 다시 누려볼 수 있기를, 또한 그리하여 그가 현재 이루고 있는 것들을 위하여 지금까지 치열하게 살아왔던 것처럼 남은 삶을 다시 치열하게 살아갈 계기를 얻을 수 있기를 절박하게 염원하는 것이라고 했다.

심마가 그를 운명의 숙적으로 기대하는 이상, 김강한에게도 심마는 필생의 적일 수밖에 없다. 그 자신과 그의 소중한 사람들의 안전을 보장받기 위해 반드시 제거해야만 하는! 그럼으로써 지금 이 순간 비록 진세희를 중간에 매개로 두긴 했지만, 운명의 숙적과 필생의 적이 첫 대면을 하고 있는 것이다.

그녀에게 일어났을 일들

김강한은 진세희에게 일어났을 일들을 보다 확연하게 추정해 볼 수 있다.

진초희가 이롬 재단 사람들을 제외하고 교분을 유지하는 사람은 진세희가 유일하다시피 한데, 두 사람의 통화 기록 등이 재단 주변을 훑던 구마천의 정보체계에 탐지가 되었던 것이리라!

그리하여 진세희는 구마천의 수중에 떨어졌고, 그런 다음에야 그녀가 저들의 가공할 심리 수법을 감당해 내지 못했을 것은 당연하다고 하겠다.

최중건처럼 냉철하고도 강한 의지를 가진 사람도 저들의 수법을 견디지 못하고 결국은 심리 살인(心理 殺人)을 당하고 말았는데, 순박하고 여린 심성의 진세희야……!

간단히 그녀가 알고 있는 모든 것을 다 말했을 것이고 심리를 귀속당하고 말았을 것이다.

심리 폭탄

"이 아이에게는 폭탄 하나가 심어져 있다. 어심공(御心功)이라는 수법에 의한 것인데, 마음의 폭탄 혹은 심리 폭탄이라고 할 수 있다."

심마의 딱딱한 투가 이어지고 있다.

"폭탄을 해제하는 건 오로지 나에 의해서만 가능하다. 내가 직접 해제하는 것 외엔 절대로 제거가 불가능하다. 폭탄은 이미 작동 중이다. 만약 네가 이 아이의 시선에서 잠시라도 벗어난다면 폭탄이 터지고 이 아이는 즉사하게 된다. 다시 말해, 이 아이를 살리고자 한다면 너는 이제부터 내 시선에서 벗어나지 못한다는 의미이다."

순간 김강한은 흠칫 긴장을 일으킨다. 그의 외단에 낯선 기감들이 잡히고 있다. 안가 바깥이다. 빠르게 안가를 향해 접근해서는 담 근처에서 움직임을 멈추고 있는 수십에 달하는 기척들이다. 그런 중에 심마의 어조가 조금은 느긋해지고 있다.

"아! 물론 이 아이가 네게 별로 중요하지 않다면 간단히 포기하고 도망을 치면 될 일이다. 그러나 미리 말해두건대 우리는 다시 찾아낼 것이다. 너에게 이 아이보다 조금 더 소중하고 중요한 사람들! 네가 아무리 꽁꽁 숨겨놓았다고 하더라도, 시간이 얼마나 걸릴지의 문제일 뿐이지 결국은 찾아내고야 말 것이다. 그리고 이 아이와 똑같은 방식으로 네게 보내주마! 네가 계속 포기한다면 그들도 죽게 될 것이고, 그렇게 하다 보면 결국은 네가 포기하지 못하는 순간이 오지 않겠느냐? 자! 그럼 우선 이 아이부터 네가 포기하는지 못하는지 한번 보기로 할까?"

침입자들

"침입자들이 있습니다. 숫자는 셋!"

능이가 알리고 있다. 그러나 김강한도 이미 알고 있다. 더하여 능이가 지목하는 셋이 그가 기감으로 인지하고 있는 안가 주변에 잠복한 수십 중에서 지금 막 안가의 담을 넘어 들어오는 일부일 뿐이라는 것까지!

그와 진세희가 있는 거실의 통유리창을 통해서 정원을 가로질러 드는 세 개의 그림자가 보인다. 어슴푸레한 어둠 속에서도 그림자들의 움직임은 민첩하다. 그러나 그들은 굳이 자신의 모습을 감출 생각은 없는 것 같다. 거침이 없이 곧장 그의 시야 정면으로 접근해 오고 있다.

이윽고 거실로부터 비쳐 나가는 조명에 그들의 모습이 좀 더 선명해진다. 겨울철 오토바이 라이딩 복장처럼 검은색의 가죽 재킷과 가죽 바지 차림에 사뭇 탄탄하고도 날렵한 체형이다. 그리고 짧은 머리와, 조명의 그림자 때문이라고 하더라도 거무튀튀한 피부색의 얼굴까지 마치 복제라도 한 것처럼 비슷한 모습들이다. 그런 데서 김강한은 곧바로 연상되는 게 있다.

'설마 그들이……?'

밀마존맥의 괴인들을 떠올린 참이다. 그러나 독마에게 듣기로 밀마존맥은 구마천에 속하지 않는다고 하지 않았던가?

저것들 뭐야?

문득 놀라운 광경이 벌어지고 있다. 거실의 통유리창을 향해 곧장 달려오는 중에 그 세 명 침입자들의 모습이 돌변하고 있다. 체구가 커지고 얼굴 형상이 비틀리듯이 일그러지면서 괴이하고도 포악한 모습으로 되더니, 이어,

크아~앙!

크아아~앙!

거친 괴성의 포효와 주체 못 하도록 폭발시켜 내는 맹렬한 살기에서 그들은 삽시간에 끔찍하고도 흉포한 괴물로 변해 있다.

"저것들 뭐야? 무슨 헐크야?"

김강한이 경악이라기보다는 차라리 실감이 되지 않는다. 그때다. 어느 틈에 다가온 괴물들이 그대로 거실의 통유리창으로 부딪쳐 든다. 무슨 도구를 쓰는 것도 아니고, 그저 육탄으로다. 그러나 두터운 강화유리로 된 창이니 사람의 몸으로 들이박아서야 깨질 것이 아니다. 그런데 다음 순간이다.

쿠~웅!

콰~앙!

두 번의 둔탁한 충격에 유리창에는 마치 얼음꽃이라도 피듯이 하얗게 균열이 퍼진다. 그러더니 다시,

퍼~억!

세 번째의 충격에서는 유리창이 이윽고,

와자~작!

소리를 내며 그대로 뜯겨 나가듯이 뚫려 버린다. 그리고 괴물들이 곧장 거실로 난입해 든다. 김강한이 바람처럼 움직여서 현관 맞은편의 방으로 진세희를 밀어 넣고 다시 거실로 되

돌아 나온다.

괴수(怪獸)

크아~앙!

크아아~앙!

쩌렁한 포효와 함께 괴물들이 곧장 김강한을 덮쳐든다. 김강한이 마주쳐 나가며 십팔수를 쳐내고,

팡!

파~팡!

내력이 주입된 권장각(拳掌脚)의 타격에서 경쾌한 소리들이 터져 나오고 괴물들이 주춤거리며 뒤로 밀려난다. 그러나 놈들은 별다른 충격을 받지는 않은 듯이,

크아아~앙!

거칠게 울부짖으며 곧장 다시 덮쳐든다.

타~당!

타다~당!

이번의 어우러짐에서는 한층 날카로운 소리가 터져 나온다. 그리고 괴물들이 동시이다시피 튕겨나는데 한 놈은 소파 쪽으로 날아가 소파를 박살 내면서 처박히고, 나머지 두 놈은 속절없이 밀려 가서 거실 벽에 호되게 부딪히고는 바닥에

고꾸라진다. 그런 놈들은 곧바로 일어나지 못하고 버둥거리는 모습들이다. 김강한이 내력을 배가시킨 데다 급소 위주로 타격을 가한 탓이다.

그러나 잠시일 뿐이다. 놈들이 다시 몸을 일으켜 세우고 있다. 그런 놈들은 밀마존맥의 괴인들과는 이미 외양의 모습부터가 많이 다르지만, 힘과 민첩성 그리고 포악함에서도 그것들의 능력을 훌쩍 능가한다. 굳이 대비를 시키자면 폭주 상태의 룽과 비길 만하달까? 밀마존맥의 당대 계승자였던 룽 말이다. 어쨌거나 저것들은 인간의 범주라고 할 수는 없겠다. 포악하고 괴이한 짐승이다. 괴수(怪獸)!

쉽게 엄두를 내지 못할 일

크아아아~앙!

실내의 대기를 찢어발기는 듯한 울부짖음과 함께 괴물들이 다시 김강한을 향해 맹렬히 돌진해 온다. 김강한은 지그시 입매를 굳힌다. 더 이상의 탐색은 필요치 않으리라!

텅!

터~엉!

조금은 둔중한 소리가 나는 중에 놈들이 비칠비칠 뒷걸음질을 치더니 힘없이 바닥으로 고꾸라진다. 그러고는 다시 일어나지 못할뿐더러, 이내 미동조차 보이지 않는다. 즉사다. 놈들의 내부가 아예 산산조각으로 파괴되어 버린 때문이다.

"새로운 침입자들이 있습니다. 숫자는 열!"

능이가 다시 알리고 있다. 그런 데는 김강한이 진세희를 다시 지하 벙커로 옮겨놓고 나서 본격적으로 한번 놈들을 상대해 줄 마음도 설핏 생긴다. 그러나 그때다.

"침입자들의 숫자가 빠르게 늘어나고 있습니다. 이십! 사십……! 계속 늘어나고 있습니다."

다시 이어지는 능이의 보고에는 김강한이 빠르게 생각을 정리한다. 놈들이 숫자로 밀고 들어온다고 해도 상대를 못 할 바는 아니다. 그러나 그런 것도 정도의 문제일 것이다. 만약 저들이 끝없이 들이닥친다면? 그 혼자의 단순한 무력으로 저들을 상대하기란 쉽게 엄두를 내지 못할 일이다. 더욱이 진세희까지 보호해야 하는 처지에서는 결코 현명하지 못한 대처일 것이다.

일단의 후퇴

뒤쪽에서 구마천의 괴수들이 쫓아오고 있는 중에 김강한은 진세희를 등에 업은 채 지하통로를 달리고 있다. 17호 안가와 16호 안가를 잇는 비밀의 지하통로다. 후퇴다. 일단의 후퇴!

달리던 중에 통로의 모퉁이 하나를 돌아서면서 김강한은 가볍게 멈춰 선다. 그의 바로 옆쪽 벽면의 한 지점에 벽과 같은 색상으로 눈에 잘 띄지 않게 작은 철제 박스 하나가 설치되어 있다. 박스의 덮개를 열자 붉은색의 푸시 버튼이 드러난다. 그가 그것을 가볍게 누르자,

위이~잉!

하는 묵직한 소음과 함께 천장에서부터 무언가가 빠르게 내려온다. 마치 셔터 같다. 그러나 적어도 두 뼘은 넘어 보이는 육중한 형체의 그것은 강철의 벽이다. 지하통로를 폐쇄하는 차단벽!

쿵~!

육중한 소리와 함께 차단벽이 이윽고 바닥에 닿는다. 그럼으로써 지하통로는 완전히 폐쇄된다. 비상시를 대비하여 17호 안가와 16호 안가의 지하 연결 통로를 폐쇄하는 차단벽이 있다는 사실을 그는 미리 알고 있었던 것이다. 가볍게 안도의 숨을 돌리며 그가 다시 걸음을 옮길 때다.

쾅~!

콰~앙!

등 뒤에서 거친 소음들이 생겨난다. 구마천의 괴수들이 육탄으로 차단벽에 부딪치고 있는 것이리라! 그러나 아무리 괴수들이라고 해도 단시간 내에 차단벽을 어떻게 하지는 못할

것이다.

의뭉스러움과 걸맞지 않음

"이제 요새로 돌아오십시오! 16호 안가로 무인 차량을 보내겠습니다."

능이가 소리를 내는데, 최유한 박사의 목소리다.

능이와 UAI의 접속을 통해 현장 상황을 줄곧 지켜보고 있었던 것이리라!

"괜찮겠습니까?"

김강한의 물음이 조금은 떨떠름하다. 그가 처음에 진세희를 요새로 데려오겠다고 했을 때 최유한 박사가 사뭇 단호하기까지 한 태도로 반대했던 것을 떠올리면서다.

"이제는 다른 방법이 없지 않겠습니까?"

최유한 박사의 그 반문에 대해서도 김강한이 사뭇 의뭉스럽다는 느낌을 받는 한편으로 설핏 낯설기도 하다. 지금까지 그가 평가해 왔던 최유한 박사의 간담과 배포와는 사뭇 걸맞지 않다고 해야 할 대담함이 비친다는 데서다. 그런 의뭉스러움과 또 걸맞지 않음을 수습하기라도 하듯이 최유한 박사가 곧바로 말을 보탠다.

"적들이 빠르게 공격의 규모를 확대하고 있는 만큼 이제쯤에는 적당히 꼬리를 남기면서 요새로 철수를 해도 적의 주력을 유인해 낼 수 있으리라는 판단입니다. 더욱이 저런 정도의 막강한 전투력을 지닌 괴물들을 서울의 시내 권역에서 날뛰게 할 수는 없지 않겠습니까? 민간의 피해를 막기 위해서라도 요새로 끌어들일 수밖에 없는 상황입니다."

그런데 그것도 아니다

16호 안가에 도착한 김강한은 건물 안으로는 들어가지 않고 정원 한쪽의 벤치에 진세희와 함께 앉아 있다. 최유한 박사가 보내겠다고 한 무인 차량을 기다리고 있는 중이다.

"정체 미상의 물체들 다수가 접근 중입니다!"

능이의 경고가 울린다. 그리고 얼마 지나지도 않아서 수십의 그림자들이 안가의 담을 뛰어넘어서 정원으로 난입해 든다.

그런데 17호 안가에서 보았던 괴수들은 아니다. 전혀 다른 새로운 종류의 적들이다. 아니, '것들'이다. 능이가 그것들을 가리켜 정체 미상의 물체들이라고 한 까닭도 거기에 있는 것이리라!

그것들은 마치 한 무리의 늑대 떼 같다. 아니, 한국에서 멸종된 지 오래인 늑대가 심산 오지도 아닌 서울 시내에 그것도 떼로 나타날 리는 없으니 아마도 개 떼일 것이다. 사냥개 종류의 대형견!

그런데 그것도 아니다. 서서히 다가드는 그것들의 칼날처럼 날카롭게 번뜩이는 발톱과 이빨이 아무래도 금속성으로 보인다는 데서! 삼십여 마리나 되는 무리에게서 으르렁대는 소리 하나 없다는 점에서! 그리고 도저히 개의 눈빛이라고는 보이지 않는 소름 끼치도록 붉은 안광을 차갑게 빛내고 있다는 점에서! 그것들은 도무지 어떤 생명체라곤 여겨지지 않는다.

전투 머신

"저것들은… 또 뭐야?"

김강한이 혼잣말처럼 뱉는데, 그에 대해 능이가 바로 응답한다.

"전투 머신의 한 종류로 파악됩니다."

"전투 머신?"

"전투 능력을 갖춘 로봇 정도로 정의할 수 있습니다."

"로봇이라고? 지금 이게 무슨 영화도 아니고, 그런 게 정말로 가능해?"

그때다. 로봇 개 떼가—능이가 정의한 바로는 전투 머신이지만, 김강한에게 좀 더 실감 나기로는 이 이름이다— 일제히 덮쳐든다. 소리도 없이!

김강한이 감히 방심하지 못하고 진세희까지를 보호하는 외단의 방어 막을 친다. 그리고 정면으로 달려드는 한 놈을—아니, 한 대(臺)라고 해야 하나?— 후려갈긴다. 내력을 실은 주먹이다.

쾅!

폭음이다시피 한 소리가 터지는데 주먹에 전해지는 느낌이 확 다르다. 머신에다 로봇이라고 하는 데 대해 온전히 믿기는 어려웠는데, 이건 확실히 생물체를 타격한 느낌이 아니다. 말 그대로 쇳덩어리다.

그런 중에 삼십여의 로봇 개 떼는 그와 진세희를 아예 덮어씌우다시피 해서는 날카로운 발톱으로 할퀴고 이빨로 마구 물어뜯어 댄다. 그 야차 지옥과도 같은 광경에는, 외단의 방어벽이 능히 그것들을 가로막고 있음에도 김강한이 질리는 느낌으로 되고 만다. 그때다.

"무인 차량이 도착했습니다."

능이가 알리고 있다.

유인

우르~릉!

천둥이 치는 듯한 소리가 은은하게 울리더니 일순,

파아~앙!

하고 강력한 충격파가 일어나고, 김강한과 진세희를 에워싸고 있던 로봇 개 떼가 폭발에 휩쓸린 듯이 일시에 사방으로 날아간다.

그 틈에 김강한은 진세희를 품에 안고서 정원을 가로질러 달린다. 차고는 안가의 정문 왼쪽에 있다. 그러나 사방으로 튕겨 나갔던 로봇 개 떼가 이내 그들의 뒤를 쫓는다.

더욱이 그때 다시 수십의 새로운 로봇 개 떼가 맞은편 안가의 담을 넘어들며 김강한을 향해 맹렬히 돌진해 온다. 그가 전면의 외단 방어벽에 첨각(尖角)의 모서리를 만들며 그대로 돌파를 해나간다.

투~퉁!

투투~퉁!

정면에서 덮쳐들던 놈들이 외단 방어벽에 충돌하는 대로 몸체가 부서지며 좌우로 튕겨 나간다. 그런 중에 이윽고 차고에 도착한 김강한이 그대로 차고의 문을 발로 걷어차 열고는 안으로 진입한다.

차고에는 검은색의 중형 SUV 한 대가 대어져 있다. 최유한 박사가 보낸다던 무인 차량일 터다. 김강한이 곧장 외친다.

"문 열어!"

SUV의 뒷문이 스르륵 열린다. 우선 진세희부터 안으로 밀어 넣고 나서 이어 김강한이 차에 올라탄다. 그런데 그때다. 기어코 뒤쫓아 온 로봇 개 한 마리가 뒤에서 그의 다리를 물어뜯는다. 그러나 외단 때문에 이빨이 곧장 미끄러지고 말자 놈은 다시 차 안으로 기어오르려고 틈새를 비집고 든다. 김강한이 그런 놈의 대가리를 걷어차 버리자 그대로 튕겨 나간 놈이 차고의 콘크리트 벽면에 모질게 부딪힌다.

그러는 사이에 겨우 SUV의 뒷문이 닫혔지만, 다시 몇 마리가 SUV를 덮친다. 앞을 가로막고, 바퀴를 물어뜯고, 보닛 위로 뛰어올라 운전석 앞의 유리창을 들이받기도 한다. 그런가 하면 차의 지붕에 올라타서 쿵쿵대며 충격을 가하는 놈도 있는데, 다행히 차체의 강도가 강한지 지붕이 우그러들거나 하지는 않는다.

"뭐 하고 있어? 출발해!"

김강한이 호통이라도 치듯이 내뱉는 소리에 SUV가 즉각 반응하며,

부아아~앙!

터질 듯한 엔진 소리를 내며 용수철처럼 앞으로 튀어 나간다. 그런 바람에 차 앞을 가로막고 있던 놈이 그대로 들이받혀 튕겨나고, 또 차 위에 달라붙어 있던 놈들도 거칠게 떨어져 나간다. 그런데 이윽고 차고를 벗어난 SUV가 가속도를 붙

이며 맹렬하게 질주해 나갈 때다.

타타타타~탕!

갑작스러운 총격과 함께 SUV의 차체와 차창에서,

티티~팅!

하고 총탄이 튕겨난다.

"뭐야? 어디서 쏘는 거야?"

김강한이 외쳐 묻는 소리에 능이가,

"상공입니다. 정체불명의 비행체에서 기관총 사격을 가하고 있습니다."

하고 응답한다.

타타타타~탕!

티티~팅!

총격이 계속되는 중에 SUV의 차체나 차창이 뚫리지는 않고 있다. 최유한 박사로부터 무인 차량이 준수한 정도의 방탄 성능을 갖추고 있다는 얘기를 들은 바는 있지만, 기관총의 집중사격을 견디는 정도면 준수한 정도를 넘어선다고 하겠다.

부아아아~앙!

무인 자동차가 전속력으로 치달린다. 다행히도 두어 차례의 맹렬한 총격 후에는 다시금의 총격이 가해지지는 않고 있다. 그런 데서는 놈들이 단계적으로 공격의 수위를 높여가며 마치 그의 대응 능력을 평가해 보고 있는 듯한 느낌이 들기도 한다.

"비행체가 계속 따라붙고 있습니다. 요격할까요?"

능이가 묻고 있다. 그러나 김강한이 조금은 여유를 찾으며 대답한다.

"아니. 그냥 둬!"

어차피 유인이다. 계속 공격받지 않는 상황에서 굳이 반격을 할 필요는 없으리라!

묘연

SUV 한 대가 한적한 2차선 국도를 질주하고 있다. 김강한과 진세희를 태운 무인 차량이다.

그런데 산모퉁이를 돌아 나가던 SUV가 갑자기 도로를 벗어난다. 도로와 연결된 작은 샛길로 빠진 것인데, 차선도 없고 아스팔트포장도 되어 있지 않는 시멘트 길이다. 아마도 개인 소유지에 낸 통행로이거나 혹은 농로(農路)로 보인다.

샛길을 따라 달린 SUV는 이내 막다른 곳에 다다르는데, 그곳에는 허름해 보이는 건물 한 채가 서 있다. 아마도 인근 농가의 임시 창고인 듯하다. 그런데 그때다. 기다리기라도 했다는 듯이 창고의 문이 열리고, SUV는 그대로 창고 안으로 들어선다.

그리고 십여 초나 지났을까? 예의 창고의 상공에 예닐곱 대의 비행 물체가 나타나는데, 중형 크기의 드론으로 보인다. 그런데 그중 두 대가 곧장 창고를 향해 내리꽂힌다.

쾅~!

콰~앙!

드론들의 난데없는 자폭에 폭음이 일면서 창고가 폭삭 주저앉고 만다. 그리고 뿌옇게 일어났던 먼지가 이내 걷히는 중에 창고의 내부였던 공간이 모습을 드러낸다. 그저 지붕과 벽체만 세워져 있었던 듯이 텅 빈 공간이다. 그런데 없다. 방금 전에 건물 안으로 들어갔던 SUV가 없다. 잠깐 사이에 감쪽같이 사라지고 만 것이다.

창고가 서 있을 때는 몰랐더니, 창고의 뒤쪽으로는 작은 언덕이 바로 잇대어져 있다. 그리고 마치 그 안으로 들어가는 토굴이라도 있는 듯이 둥그런 출입구의 형상을 이룬 지점이 보인다.

그런데 다시 그때다. 상공에 남아 있던 다섯 대의 드론이 좀 전과 마찬가지로 곧장 지상으로 내리꽂힌다.

콰~쾅!

콰콰~쾅!

좀 전보다 한층 더 격렬한 폭음이 일며 언덕이 통째로 허물어진다. 그리고 흙먼지 기둥이 자욱하게 일어나는 중에 새롭게 드러나는 형체가 있다. 뜻밖에도 제법 육중해 보이는 콘크리트 구조물인데, 구조물의 중앙에는 두텁고 강건해 보이는 철문 하나가 굳게 닫혀 있다. 아마도 언덕 안으로 통하는 통로인 모양이고, 그렇다면 좀 전의 SUV는 그 통로 안으로 사라진 것일 터다.

상공에 다시 일단의 드론들이 모습을 나타내고 있다. 이번에는 그 수가 수십 대에 달한다. 그중의 드론 몇 대가 곧장 지상으로 내리꽂힌다.

콰~쾅!

콰콰~쾅!

그러나 이번에 드론들의 자폭은 그 육중한 콘크리트 구조물에 쉽게 상흔을 내지 못한다. 그것이 겉보기의 육중함보다도 훨씬 더 강고하다는 것이리라! 편대를 이룬 드론들의 자폭이 이어진다.

콰~쾅!

콰콰~쾅!

비상 통로

그곳은 ASF 요새로 진입하는 비상 통로들 중 한 곳이다.

말 그대로 비상시에 쓸 목적으로 만들어진 곳인데 방금 그

용도로 쓰였다. 처음이자, 노출된 이상 다시 쓰일 일은 없겠기에 마지막으로!

비상 통로는 요새의 중심까지 1.5킬로미터가량 이어지고, 그 폭은 승용차 한 대가 겨우 지나갈 정도에 불과하다. 그리하여 무인 SUV가 들어서자 통로의 양쪽 벽에 꽉 끼이는 듯한 느낌이다.

그러나 SUV는 거침없이 질주를 하는데도 거의 틈새가 없이 밀착한 양쪽 벽과는 가벼운 접촉조차 일으키지 않는다.

적색경보

김강한은 ASF 요새의 중앙통제실로 들어선다. 진세희를 들쳐 업은 채로다.

최유한 박사는 진세희를 위해 나름의 준비를 해두었다. 중앙통제실에 연결된 작은 격실 한 곳을 비워놓은 것인데, 격실의 출입문이 마침 투명의 강화플라스틱으로 되어 있다.

다만 최유한 박사는 그 투명의 출입문에다 두터운 골판지 등을 덧대서 내부에서 볼 수 있는 시야의 각도를 많이 좁혀놓았다. 즉, 진세희의 시야에 김강한이 잡히도록은 하되 그 외의 주변 상황에 대한 노출은 최대한 제한하고자 한 것이리라!

김강한이 진세희를 격실 안으로 옮겨 의자에 앉히고 나서 얼마 지나지 않아 중앙통제실에는 보고가 잇따르기 시작한다. 요새 주변으로 일상적이지 않은 동향들이 감지되고, 대규모라고 할 수 있는 물동(物動)이 탐지되고 있다는 등의 내용이다.

그런데 그것이 능이의 모체인 UAI로부터 나오는 것이라는 점에서의 흥미와 함께, 그 음성이 최유한 박사의 목소리를 그대로 재현해 냈다는 데서는 김강한이 새삼스럽기도 하다. UAI에 대한 최유한 박사의 자부랄까? 혹은 그것을 자신의 분신으로 여기는 그의 애착이 느껴지는 듯도 하다.

"적색경보! 적색경보를 발령합니다!"

UAI의 음성이 이윽고는 촉박해지고 있다. 적색경보. 즉, 요새에 대한 적의 공격이 임박했다는 위험 레벨의 경고다.

"요새 전역에 대한 전파 교란과 차단이 시도되고 있습니다. 대응할까요?"

UAI가 묻고 있다. 그에 대한 최유한 박사의 답은 간단하고도 태연하다.

"NO!"

UAI와 MSS 그리고 ASF의 운용체계에 쓰이는 독자 통신망이 적들의 전파 차단이나 방해 교란 등에 영향을 받지 않으리라는 자신감에서다.

시도

김강한은 이윽고 한 가지 시도를 하기로 한다. 적의 전력이 본격적으로 집결되기 시작하고 대규모의 공격이 임박한 상황이 될 때까지 굳이 기다려 온 시도다.

진세희의 심리 귀속을 풀지는 못해도 최소한 그녀에게 심어져 있다는 심리 폭탄의 작동은 막으려는 것이다. 성공할 것이라고 믿는다. 그러나 그것이 진세희의 목숨을 걸고 하는 시도인 만큼 긴장되는 심정은 어쩔 수가 없다.

심리 폭탄을 작동시키는 뇌관 역할의 무언가가 있을 것이다 그리고 그 뇌관을 격발시키기 위해서는 외부로부터 어떤 형태의 파(波, wave) 혹은 파동(波動)이 전달되어야만 할 것이다. 설령 심마가 영적인 힘이나 심력(心力) 혹은 염력 따위를 쓴다고 하더라도 그것도 결국은 역학적 파동의 범주 안에 속하는 것일 테니 말이다.

어찌 됐든 진세희를 외부와 완전하게 봉쇄하고 차폐함으로써, 그것이 파건 파동이건 심력이건 염력이건 그 어떤 종류의 것도 그녀에게 전해지지 못하도록 하려는 것이다.

외단을 이용한 봉쇄와 차폐는 그가 이미 경험이 있기도 하다.

김강한은 천천히 진세희의 주변으로 외단을 확장시킨다. 그의 외단에서 분리되어 나온 또 하나의 독립적인 외단이다. 그것은 그녀의 주변을 봉쇄하며 순식간에 차폐 공간을 형성한다.

그런 과정 중에 김강한은 꼼짝 않고 진세희의 시선 정면에 위치한다. 굳이 움직일 필요도 없는 것이지만, 심마에게 어떤 의심이나 경각심도 주지 않기 위함이다.

다음 순간이다. 진세희에게서 작은 변화가 보인다. 내내 그에게로 고정되어 있던 그녀의 시선이 문득 초점을 잃고 멍한 빛으로 된 것이다. 김강한은 가벼운 안도의 숨을 뱉어낸다. 그녀의 초점 잃은 시선이야말로 심마와 연결된 심리 혹은 심령의 끈이 이윽고 끊어졌음을 말해주는 것이리라! 재차의 확신을 위해 그는 진세희의 시선 범위에서 천천히 벗어나 본다. 그러나 그녀의 시선은 여전히 그를 좇지 않을뿐더러, 아무 일도 일어나지 않는다.

한층 여유를 가진 김강한이 진세희의 주변에 차폐 공간을 만들고 있는 외단에 의지를 보내자, 외단 내에서 뾰족한 무형의 꼭지들이 형성되며 그녀의 전신 혈도를 짚어나간다.

곧이어 진세희의 체온이 급격히 떨어지면서 신체의 모든 활동과 신진대사가 정지 상태에 가깝게 된다. 심장의 박동은 극도로 느려져서 느끼지 못할 정도이고, 뇌 또한 활동을 멈춘 채 휴면 상태로 된다. 다시 그녀를 깨울 때까지는 장시간이 걸릴지도 모르니, 밀폐 공간 내의 한정된 공기로도 최대한 오래 버틸 수 있도록 하려는 것이다.

이어 진세희는 요새 내의 가장 깊숙한 곳에 위치한 안전 격실로 옮겨진다.

일단의 완성

중앙통제실 전면의 화면들에 요새 외부의 상황들이 일목요연하게 비치고 있다. 지상 권역 전체와 상공, 그리고 주요 지점별로의 상세 화면들이다.

달빛이 차분한 중에 요새의 지상 권역은 한적한 자연 농원의 모습이다. 다만 낮이라면 확 트인 시야로 보였을 넓은 초지와 그 너머로 제법 광대한 임야와 산지는 암흑 속에 파묻혀 있다.

ASF 요새는 적어도 최유한 박사가 처음 목표했던 바대로는 일단 완성되었다고 할 수 있다. 물론 그 구축 과정에서 추가적인 필요들이 도출되긴 했지만, 그것은 미래의 필요를 미리 감안한 차원이지 적어도 지금 현재의 필요는 아니다.

요새의 외부 방어 체계는 훨씬 간략해졌다. 즉, 요새 구축의 중간 단계에서 있었던 지상과 상공의 감시망 체계를 아예 없애 버린 것인데, 초소형 위성 체계 MSS가 완성 단계에 접어들면서 그런 것들 없이도 요새 전체에 대한 24시간 감시 경계와 방어를 위한 화력지원까지가 가능해진 까닭이다.

다만 사소하거나 경미한 상황에 대해서까지도 MSS의 광선포를 쏘아댈 수는 없는 노릇이겠기에, 경고사격과 인마 살상이 가능한 정도의 위력을 지닌 경(輕)화력의 머신 건들이 은폐된 포인트들에 배치되어 있다.

드론 스웜(Drone Swarm)

"다수의 미식별 비행체들이 요새 상공으로 접근하고 있습니다!"

UAI의 보고다. 이어 통제실 전면의 대형화면에 무수한 점 같은 것들이 비쳐진다. 거뭇거뭇한 형체의 그것들은 마치 벌 떼나 새 떼 같기도 하다.

"드론 스웜(Drone Swarm)입니다."

다시 UAI의 음성과 함께 화면이 클로즈업된다. 그러자 화면에는 이윽고 수백 수천, 아니, 수만 개에 달할지도 모르는 무수한 드론의 편대가 모습을 드러낸다.

"신호 교란과 MSS에 의한 요격이 가능합니다."

UAI의 보고가 다시 있고서야 최유한 박사가 차분하게 지시를 내린다.

"일단 지상의 머신 건으로 대응한다!"

투두두~둥!

투두두두~둥!

요새의 지상 권역 곳곳에서 상공을 향해 총격이 가해지기 시작한다. 은폐된 포인트들에서 불시에 모습을 드러낸 머신 건들이다. 물론 고작 경(輕)화력의 그것들이 상공에서 빠르게 비행하는, 그것도 작게는 손바닥만 한 크기의 드론들을 명중시키리라고 기대하기는 어려운 노릇이다. 오히려 적들의 공격을 촉발시키는 도발일 뿐이리라!

폭격

밤하늘을 무수히 수놓던 드론 떼가 한순간 지상으로 내리꽂히기 시작한다. 그 광경은 마치 잿빛의 우박이 떨어지는 듯하다.

이윽고 적의 공격이 시작되었다. 중앙통제실의 화면이 온통 검붉은 화염과 흙먼지 기둥으로 가득한 지상의 대지를 비춘다. 대지의 한쪽에 서 있던 대여섯 채의 주택은 대번에 완파되었고, 그 주변 반경 백여 미터 정도의 대지가 그야말로 뒤집어지는 일대 광경을 연출하고 있다. 목표물을 조준한 공격이 아니다. 범위를 정해놓고서 아예 초토화시키는 무차별의 공습이고 폭격이다.

다만 지하 요새는 아직까지 별다른 영향을 받지 않고 있다. 사실상 벙커버스터(Bunker Buster)의 공격에까지 대비가 되었으니, 보통의 폭격으로는 타격을 주기가 어렵다. 그렇더라도 폭격은 도무지 멈출 기미가 없다. 하늘은 여전히 드론들로 가득하고, 오히려 그 수가 더욱 늘어나고 있다. 이대로라면 폭격은 끝이 없이 계속될 듯하다.

제7장

무적 신위

그 소리가 왜 여기서 나와?

"만약 제게 무슨 일이 생길 경우에 대비해서 몇 가지 미리 해둘 말씀과 조치가 있습니다."

최유한 박사가 차분하게 말을 꺼낸다.

"무슨 일이 생기다니요?"

김강한이 지레 인상을 쓰며 받는데, 최유한 박사가 희미하게 웃으며 말을 보탠다.

"만약이라고 하지 않았습니까? 사람 일은 알 수가 없는 것이니 미리 대비를 해놓아서 나쁠 게 없다는 차원입니다."

김강한이 다시금 인상을 그리지만 최유한 박사는 모른 체 하고 다시 자신의 말을 이어간다.

"UAI는 이제 대부분의 프로세스는 독자적으로 처리하고 있지만, 아직 완전 자율의 단계에까지는 이르지 못했습니다. 조만간 완전 자율의 단계에 이르게 된다면 지금 UAI의 심장과 머리 역할을 해내고 있는 이곳 요새의 방대한 설비 장치들도 더 이상은 필요가 없게 되고, 또한 최종 레벨의 프로세스에서 제가 제한적이나마 개입을 하는 경우도 완전히 없어지게 됩니다. 그리하여 UAI는 완전히 자유로운 형태로 될 겁니다. 음……! 말하자면 어디에도 있고, 어디에도 없는 그런 형태라고 할까요? 즉, 지구상에 깔린 무한대의 컴퓨터망과 온라인망으로 스스로를 분산시켜 버리는 것이지요."

순간 김강한이 설핏 미간을 좁히고 만다.

'어디에도 있고, 어디에도 없는? 그 소리가 왜 여기서 나와?'

방지

"그러나 현재의 상태에서 만약 제게 무슨 일이 생긴다면? 혹은 이곳 요새의 관련 설비 장치들이 파괴된다면? UAI는 즉시 비상 상황에 준한 대응으로 가동을 멈추게 됩니다. 그리고 스스로를 해체시키고 지금까지의 흔적을 지우는 절차에 돌입하게 됩니다."

"UAI가 아주 없어진다는 겁니까?"

김강한이 저도 모르게 놀란 질문을 던진다. UAI에 대해서는 여전히 무식하달 만큼 모르지만, 그것이 얼마나 엄청난 능력을 지니고 있다는 건 익히 실감하고 있는 터다. 더욱이 지금 구마천과의 전쟁에서 UAI가 얼마나 크고 중요한 역할과 비중을 차지하고 있는지도 잘 알고 있다.

최유한 박사가 빙그레 웃으며 고개를 가로젓는다.

"그런 건 아닙니다. 아까 말씀드린 대로 지구상에 깔린 무한대의 컴퓨터망과 온라인망으로 스스로 녹아 들어가는 것인데, 다만 미완성 상태에서 그렇게 되는 만큼 모든 활동은 중지되는 것이지요. 물론 나중 언제라도 능이를 통해서 다시 통제 및 활용 가능한 상태로 만들 수 있습니다."

김강한이 일단은 안도하며 고개를 끄덕인다. 최유한 박사가 잠시 웃음을 짙게 하더니 문득 거두며 다시 말을 잇는다.

"다만 그렇게 중지되어 있는 기간이 길어질수록 UAI가 잃게 되는 확장과 진화의 기회손실은 엄청난 손해가 되는 셈이지요. 그리고 가장 걱정이 되는 것은 UAI의 완성 단계 즉, 완전 자율의 단계까지 남은 부분에 대해서입니다. 만약 UAI가 중지되었다가 능이에 의해 가동을 재개하고 다시 완성으로

가는 과정에서 만에 하나의 오류나 차질이라도 생기게 된다면……."

최유한 박사가 문득 말을 줄이는 데는 김강한도 저절로 미간을 좁히게 된다.

"그래서입니다. 그런 만에 하나의 오류나 차질을 미연에 방지하기 위해서라도 UAI의 가동이 멈출 가능성 자체를 없애려는 겁니다. 즉, 지금 제가 UAI의 최종 레벨 프로세스에 제한적이나마 개입을 하고 있는 부분을 이제부터는 능이와 실시간으로 공유를 하려는 겁니다. 그럼으로써 만약 제게 무슨 일이 생긴다면 UAI는 일단 전 지구상의 컴퓨터망과 온라인망으로 스스로를 분산시키겠지만, 대신 즉각적으로 제 역할을 이어받은 능이의 통제에 따라 가동을 계속할뿐더러 완전 자율의 단계까지 남은 부분에 대해서도 멈춤 없이 진행을 시켜 나갈 것입니다."

김강한으로서야 이해하기 어려운 노릇이니 그저 고개만 주억거린다.

백업

"그래서 지금 약간의 조치가 필요합니다. 능이에게 명령을 내려주십시오! UAI의 현시점 프로세스 총량과 정보 총량에 대해 고농도 압축으로 백업을 실시하라고!"

최유한 박사의 말이 문득 단호한 투로 된다. 그런 데야 김강한이 무슨 뜻인지도 모르고 앵무새 흉내를 내는 게 내키지 않더라도 딱히 불만을 내색하기는 어려운 터라,

"능이! 들었지? 그대로 해!"

하고 짐짓 에둘러서 못마땅함을 내비친다. 그런데.

"직접 명령해 주십시오!"

이건 또 무슨 반발인가? 능이의 반응이다. 그래도 무슨 최첨단의 인공지능이라서인지 지금까지는 그야말로 개떡같이 애기를 해도 찰떡같이 알아듣고 사뭇 훌륭하게 비서 노릇을 해왔던 능이가 아니던가? 그런데 갑자기 웬 까탈인가? 그러나 역시 짜증을 낼 분위기는 아니다. 김강한이 설핏 인상만 썼다가 거두며 최유한 박사에게 묻는다.

"명령이 뭐였죠?"

"UAI의 현시점 프로세스 총량과 정보 총량에 대해 고농도 압축으로 백업을 실시하라!"

최유한 박사의 대답을 김강한이 받아서 그대로 되풀이한다.

"UAI의 현시점 프로세스 총량과 정보 총량에 대해 고농도 압축으로 백업을 실시해!"

잠시 후,

"백업 완료했습니다."

능이의 보고가 있고, 김강한이 최유한 박사에게 짐짓 시큰둥하게 확인한다.

"됐습니까?"

최유한 박사가 담담한 웃음을 떠올리고는 그저 가볍게 고개를 끄덕이는 것으로 대답을 대신한다.

뜻했던 바

쿠쿠~쿵!

쿠쿠쿠~쿵!

지상에서, 그것도 바로 주변에서 강력한 폭발이 일어나는 중의 폭음은 지하 요새에서 듣던 그것과는 비교할 수 없이 생생하다.

최유한 박사가 드론 스웜의 맹폭에 대해 신호교란이나 MSS에 의한 요격 등의 실효적인 대응을 하는 대신 지상의 머신 건으로 별 효과도 없는 아주 소극적인 대응만을 한 이유는 적의 주력을 끌어내려는 의도에서다. 그리고 이제 김강한이 지하 요새의 비밀 통로를 통해 지상으로 나와 스스로를 노출시킨 것은, 적의 전력이 어느 정도 드러났다는 판단에서 다시 그 뒤에 숨어 있는 구마천의 수뇌부를 끌어내려는 것이다.

쿠~쿵!

쿠쿠~쿵!

김강한의 바로 옆쪽에서 잇단 폭발이 일어나며 흙먼지 기둥들이 솟구친다. 머리 위로 쏟아지는 흙더미와 자욱한 먼지 속에서 그는 잠시의 고민을 한다. 그의 존재를 적에게 알리기 위해서 무엇을 해야 할지에 대해서!

그런데 그때다. 문득 드론 떼의 자폭 공격이 뜸해지더니 이윽고는 완전히 멈춘다. 순간 사방은 거짓말처럼 적막에 휩싸이는 중에 곳곳에서 타오르는 화염과 뿌연 흙먼지만이 방금까지 엄청났던 폭격을 증거 할 뿐이다. 그런데 다시 그때다.

"1㎞ 전방으로부터 백여 개의 동체가 접근 중입니다!"

능이의 경고다. 적의 2차 공격일 터다. 다만 이번에는 공중이 아닌 지상으로부터다. 그리고 그것은 그의 등장을 적들이 정확하게 인지했으며, 그에게로 공격을 집중해 온다는 의미이리라! 물론 그가 뜻했던 바다.

백 대 일이라는 구도의 연출에서

희끄무레한 어둠을 뚫고 질주해 드는 것들의 형체가 이내 확연해지고 있다. 검은색의 가죽 재킷과 가죽 바지 차림! 그것만으로도 알겠다. 그놈들이다. 17호 안가에서 보았던 괴물들!

아니, 괴수들!

크아아~앙!

크아아아~앙!

쩌렁한 포효와 괴성의 합창이 어둠에 잠긴 대기를 갈가리 찢어발긴다. 일백에 달하는 괴수들의 등장으로 한순간 주변 일대는 마치 인간 세상이 아닌 지옥으로 화한 것 같다. 도대체 저 많은 괴수들이 어디에서 어떻게 온 걸까?

김강한은 문득의 한 가지 묘한 느낌을 가져본다.

'일백!'

놈들의 숫자에서다. 그 숫자에 어떤 상징적 의미가 담겨 있는 듯하다.

그때 17호 안가에 온 놈들의 숫자는 사오십에 달했지만 그가 직접 부딪쳤던 것은 셋에 불과했다. 그런 점에서 구마천은 이번에 백(百)이라는 숫자로 다시 한번 괴수들을 투입한 것이 아닐까? 즉, 백 대 일(100 : 1)이라는 구도의 연출에서 이제부터 본격적으로 그의 능력을 평가해 보겠다는 의중으로?

중요하지는 않은 추론일 것이다. 그러나 무작정 피하고 볼 일은 아니다. 물론 그럴 마음이야 처음부터 없었던 것이지만!

맹렬하더라도 차갑게 가라앉은 살기

김강한이 단단하게 마음을 추스르는 중에 그의 허리춤 어림에서 일련의 소리들이 가만히 울려 나온다.

철~컥!

딸~칵!

백팔아검이다. 그것의 손잡이와 검집의 끝단이 풀리는 소리와, 다시 검집 속에서 검의 끝을 물고 있던 부분이 풀리는 소리! 그리고 이어,

스르~륵!

검신이 검집을 빠져나오는 소리! 마치 오랜만에 해보는 하나의 루틴처럼 차분하다. 그리고 이윽고 그의 허리춤으로부터 백팔아검의 길고 부드러운 검신이 풀려나온다. 그가 허공에다 대고 가볍게 휘두르자,

취~릿!

취리~릿!

낭창거리는 검신이 호선을 그리며 날카롭게 공간을 벤다. 그러더니 다시 이어서는 아래로 축 늘어져 있던 검신이 부르르 떨리더니 곧장 빳빳하게 곧추선다. 이어 그가 다시금 가볍게 한 번 허공에다 떨치자 검은,

위이~잉!

표독스러운 울음소리를 토해내며 은은한 투명의 광채를 발산해 낸다. 검기(劍氣)다.

김강한의 내심에서도 한 무리의 맹렬한 살기가 일어난다. 맹목적 살인을 위한 흥분된 살기가 아니다. 스스로를 지키고자 하는 맹렬하더라도 차갑게 가라앉은 살기다.

도륙

일백의 괴수들이 거침없이 돌진해 든다.

김강한 또한 망설일 것은 없다. 그의 백팔아검이 곧장 괴수들의 선두를 베어가고 검신에 서린 투명한 광채의 검기가 여운처럼 잔영을 남기는 중에,

파앗!

서걱!

단칼에 괴수 하나가 두 동강으로 갈라져 바닥으로 무너져 내린다. 그런 참혹한 광경에서 단말마의 비명조차 없다는 것은 섬뜩함을 더하는 데가 있다. 그러나 그것은 다만 시작에 불과하다. 백팔아검이 거침없이 공간을 베어나가고 뒤이어,

서거~걱!

드드~득!

근육과 뼈 잘리는 소리가 선명한 중에,

좌~앗!

검의 궤적을 따라서 핏줄기의 분수가 줄줄이 뿜어진다. 그

리고 조금의 시차를 두고 잘린 사지와 살점의 덩어리들이,

투~둑!

투두~둑!

땅바닥으로 떨어진다. 김강한의 주변은 삽시간에 피바다로 변한다. 피가 폭포수처럼 흩뿌려지면서 땅바닥은 벌써 웅덩이를 이루며 질척거리고 비릿한 피 냄새가 사방의 대기로 짙게 번져 나간다.

팔과 다리를 잘리고도 괴수들은 고통도 공포도 느끼지 않는다. 바닥에 쓰러져서도 바닥을 구르고 기어와서는 남은 팔다리와 온몸으로 악착스레 엉켜들고 육탄으로 덮쳐든다. 그런 괴수들은 마치 지옥에서 기어 나온 악귀 나찰들처럼 끔찍하다.

그러나 김강한은 차라리 무심하다. 외단으로 방어벽을 친 채로 더 느려지지도 빨라지지도 않는 그저 일정한 속도로 괴수들을 베어나갈 뿐이다. 얼마나 베었는지, 또 얼마나 남았는지도 굳이 염두에 두지 않고 그저 기계적으로 벨 뿐이다. 참혹과 잔인과 처절에 민감하게 반응하는 것은 그가 아닌 백팔아검인 듯하다.

우~우우~웅!

백팔아검이 격렬한 울음소리를 토해내고 있다. 귀곡성(鬼哭聲)이라고 하던가? 마치 귀신이 울부짖는 소리처럼 날카롭고

도 섬뜩하다. 백팔아검의 검신에는 이제 희미하게 푸르스름한 기운이 돌고 있다. 검기를 넘어 검강으로 가는 초입의 단계임을 드러내는 징조이다.

우~우우~웅!

백팔아검이 거침없이 공간을 종횡한다. 그 귀기(鬼氣) 서린 궤적을 따라 괴수들의 사지가 무더기로 잘리고 몸통이 베어져 나간다. 그로 인해 김강한의 주변으로는 일순의 공백이 생긴다. 그러나 잠시일 뿐이다. 다시 사방에서 괴수들이 덮쳐들고,

우~우우~웅!

백팔아검이 거친 울부짖음을 토해내고,

서~걱!

서거~걱!

근육이 베어지고 뼈가 잘려 나가며 동강이 난 괴수들이 바닥으로 무너진다.

아아! 도륙이다. 참혹과 잔인과 처절마저도 넘어서 버린 그저 맹목적인 도륙!

아무런 일도 일어나지 않은 듯이

김강한은 문득 검을 멈춘다. 그토록 악착같이 덮쳐들던 괴

수들이 일시에 공격을 멈추고 뒤로 물러나고 있는 때문이다.

한줄기 서늘한 밤바람이 얼굴을 스쳐 지나가는 느낌에 김강한은 가만히 한 호흡을 돌린다. 그럼으로써 이윽고 그 한바탕 광란의 몰입에서 빠져나온다.

그러나 다음 순간에 그는 제풀에 질린 심정으로 되고 만다. 참혹하다. 그의 주변은 그야말로 목불인견의 참상이 펼쳐져 있는 중이다. 괴수들의 사체가 아무렇게나 널브러져 있고, 또 본래의 육신에서 분리된 사지와 동강 난 몸뚱이들이 무수히 널려 있다. 그것들에서 흘러나온 피는 땅바닥 곳곳에 크고 작은 웅덩이들을 만들고 있다. 그가 거칠게 외단을 떨쳐낸다. 그러자,

와르~릉!

은은하게 천둥 치는 소리같이 웅장한 소리가 울리는 중에, 그의 주변으로부터 붉은 피의 장막 같은 것이 일어나며 사방 멀리로 밀려 나간다. 그럼으로써 적어도 그가 서 있는 주변 일대는 참혹했던 흔적들을 벗고 일견 아무런 일도 일어나지 않은 듯이 위장된 평화를 되찾는다.

마치 미래 전쟁 게임의 한 장면 속으로

"다시 적 출현! 다종의 전투 머신들로 파악됩니다! 현재 개

체수 300… 500… 1,000… 계속해서 빠르게 증가하고 있습니다!"

능이의 경고가 급박하다. 김강한도 느끼고 있는 중이다.

두두~둥!

두두두~둥!

사방으로부터 땅의 진동이 전해져 온다. 적의 3차 공격은 다시 지상이다. 그런데 그 묵직한 진동에서부터 확연히 생명체의 느낌은 아니다. 능이가 말한 바의 전투 머신! 16호 안가에서 이미 경험해 봤던 로봇 개 떼들일까? 그리고 다종이라고 했으니 또 다른 종류들이 있다는 것이리라!

어쨌거나 그 숫자가 이미 일천 하고도 계속 그 이상으로 빠르게 늘어나고 있다니 이번의 공격이 지금까지와는 또 다른 차원이라는 것일 터다. 그러나 김강한은 두려움이나 걱정보다는 새삼 의문이 들지 않을 수 없다.

'저런 엄청난 것들이, 더욱이 저처럼 많은 숫자가 도대체 어디에서 다 왔다는 말인가?'

대한민국 땅이라야 좁고 빤하다. 그런데 좀 전의 괴수 무리에다 이제는 또 천이 넘는 숫자의 무슨 전투 머신이니 로봇 무기체계니 하는 도무지 현실적이지 않은 것들이, 도대체 어디에 숨어 있다가 이렇게 한꺼번에 나타날 수가 있다는 말인가? 혹시 대한민국 내에 저것들을 생산하는 비밀 공장이라도 있다는 건가? 혹은 무슨 기계 부품처럼 작은 유닛(unit) 단위로 해외에서 들여와 아무 데서나 뚝딱뚝딱 조립이라도 해낸 건가?

몰려오는 적들의 형체가 빠르게 확연해진다. 맹렬하고도 강력한 기세로 질주해 오는 그것들은 과연 사람이 아니다. 다양한 형태와 크기의 기계들이다. 스스로 움직이는 기계들! 가히 전투 머신들의 군단이다.

김강한은 잠시 막막한 심정으로 된다. 아니, 차라리 망연하다. 이건 두 눈으로 직접 보고 있으면서도 좀처럼 실감하기가 어렵다. 마치 대형의 입체 화면으로 펼쳐지는 미래 전쟁 게임의 한 장면 속으로 들어와 있는 것 같기도 하다.

전투 머신 군단

땅을 울리는 무거운 진동 외에는 어떤 포효나 부르짖음도 없이 질주해 들던 전투 머신 군단의 움직임이 문득 둔해지더니 거대한 반원형의 진형을 구축해 든다. 그러더니 다시 그중의 한 갈래가 일선(一線)을 형성하며 맹렬하게 앞으로 질주해 나온다.

그 한 갈래는 늑대 같기도 하고 사냥개 종류의 대형견 같기도 한 전투 머신들로, 바로 김강한이 16호 안가에서 한 차례

부딪쳐 보았던 로봇 개 떼다. 그런데 그 숫자의 단위가 이전과는 다르다. 대충 잡아도 삼백여에 달한다. 더욱이 그것들이 그 뒤에 넓게 포진한 전투 머신 군단의 단지 일부에 불과하다는 점에서는 김강한으로서도 질리는 심정이 되지 않을 수 없다.

무려 삼백 기의 로봇 개 떼가 소름 끼치도록 붉은 안광을 무수히 빛내며, 또 희미한 달빛에도 하얗게 반사되는 날카로운 발톱과 이빨을 드러낸 채로 소리 없이 포효하며 맹렬히 질주해 오는 기세는 가히 엄청나다. 그야말로 모골이 송연할 지경인데, 아무리 김강한이라고 해도 섬뜩한 소름이 돋는다.

그러나 한편으로는 오히려 마음이 가벼워지는 측면도 있다. 저들이 단지 기계일 뿐이며 생명체가 아니라는 점에서다. 베고 또 벤다고 해도 끔찍하거나 참혹한 심정이 되지는 않을 것이니 말이다. 더욱이 지금 구마천이 단계적으로 공격력을 높여가는 양상은 그에 대한 심마의 흥미가 배가되고 있는 것일 수 있다. 그렇다면 그도 한층 더 강력한 면모를 보여주어야 하는 것이리라! 어떻게든 심마를 끌어내기 위해서는!

검강

맹렬한 기세로 돌진해 든 로봇 개들이 이윽고 덮쳐들자 김강한은 대번에 그것들에게 뒤덮이고 만다. 그의 온몸에 달라붙은 로봇 개들이 날카로운 발톱과 이빨로 할퀴고 물어뜯는 중에, 다시 사방에서 겹겹이 덮어씌우며 마치 작은 산을 이루듯이 하는데 그 무게의 압박만도 엄청나다.

콰르~릉!

한순간 벼락 치는 소리가 울리더니 산을 이루었던 로봇 개 떼가 일제히 튕겨져 나간다. 그런 중에 우뚝 버티고 선 김강한의 모습이 드러난다. 외단을 떨친 것이다. 그리고 그의 백팔아검에 푸른빛이 강해진다.

위~이이~잉!

나직하나 웅장한 저음의 울림을 토해내며 검의 푸른빛은 이내 눈부신 광채로 화한다.

검강이다. 검에 응집된 검기가 이윽고 유형화되면서 가장 날카롭고 가장 강력한 위력을 발휘하는 단계! 그 위력은 검기와는 비교할 수 없이 막강하며, 단지 그 막강함만으로 따진다면 그야말로 베지 못할 것이 없는 검공의 최고 경지다.

과시

일시 튕겨났던 로봇 개 떼가 멀쩡한 채로 다시 덮쳐들고 있다. 그러나 김강한은 외려 외단을 응축시켜 몸 가까이로 붙인다. 그리하여 로봇 개들이 그의 전신 곳곳을 마구 할퀴고 물어뜯는다. 그때다.

눈부신 푸른 광채가 김강한의 주변 공간을 베고 나온다. 검강이 발현된 백팔아검이다. 그러나 공기를 떨어 울리는 파공성이나 혹은 검기를 발현시킬 때의 귀곡성 같은 건 없다. 아무 소리도 없더니 검강이 로봇 개들을 베고 지나갈 때에야 소리가 난다.

파스~슷!

그 소리마저 조용하다. 그러나 그 한 번의 궤적으로 세넷의 로봇 개가 한꺼번에 두 동강이로 화해,

투두~둑!

바닥에 널브러진다. 그런 중에 생긴 틈새를 다시 새로운 로봇 개들이 메우며 덮쳐들지만 김강한은 이미 그 자리에 없다. 어느 틈엔지 십여 미터를 이동한 그의 검이 또 한 번의 눈부신 궤적을 긋고 다시 세넷의 로봇 개들이 두 동강이 난다.

언뜻 보기에 김강한은 수백의 로봇 개 떼 한가운데에 갇힌 것처럼도 보인다. 그러나 실상은 신출귀몰의 움직임으로 일방적이고도 가차 없는 파괴를 계속해 나가고 있다. 그가 위치를 옮겨 갈 때마다 동강 난 로봇 개들의 잔해가 무더기로 늘어가고 있다.

부수고 또 부수는 무차별의 도륙과 파괴로 김강한은 자신

의 존재감을 과시하고 있는 중이다.

'나타나라! 내가 여기에 있으니 구마천의 심마여! 모습을 보여라!'

의욕

지하 요새의 중앙통제실. 최유한 박사는 지상에서 벌어지는 광경을 지켜보고 있다.

지상에서 김강한이 이미 엄청난 전투를 벌이고 있는 중이지만, 최유한 박사는 아직 UAI의 본격적인 전투 개입을 지시하지 않고 있다. 아직까지 적의 주력이 멀리 포진만 하고 있으니 적의 전력에 대한 온전한 평가가 이루어지지 않은 때문이다. 물론 김강한이 홀로 고군분투를 하고 있지만 새삼 놀라게 되는 그의 엄청난 능력으로 볼 때 당장에 무슨 문제가 생기지는 않으리라는 판단을 전제하고서다.

한편으로 최유한 박사는 감탄을 금치 못하는 중이다. 지상에서는 지금 한편의 거대한 미래 전쟁이 펼쳐지고 있다. 괴수와 전투 머신! 첨단의 유전자 생체공학과 메카트로닉스 공학의 총화가 집결된 산물일 그것들은 아직까지는 공상과학영화에서나 나올 법하다.

물론 냉정하게 말해 과학기술의 차원으로만 보자면 그것들을 최첨단이라고 할 수는 없으리라! 이를테면 전투 머신의 분야에서는 미국을 포함한 강대국들에서 미래 전쟁 개념으로 이미 다양한 형태의 종류들에 대한 개념 연구를 끝내고 일부는 실용화 개발단계에서 시범적 운용을 하는 중이란 것도 알고 있다. 그러나 그것들이 실제로 배치되어 운용되기까지는 한참의 시간이 더 필요할 것으로 예상했었다. 그런데 저런 규모로 실제 운용되는 광경을 보게 될 줄이야! 더욱이 대한민국에서 말이다.

그런 점에서 최유한 박사는 다시금의 의욕을 가져본다. 이런 정도의 능력을 지닌 적은 다른 어디에서도 볼 수 없겠기에, 기왕에 시작된 전쟁이라면 그가 창조해 낸 역량을 최고 수준으로 발휘해 보리라는 의욕이다. 그럼으로써 그가 성취한 것들에 대해 객관적인 평가를 받아볼 최고의 기회가 되지 않겠는가?

마법의 차원

다만 김강한의 검은 최유한 박사에게 차라리 쇼킹하다.

최첨단 과학의 산물들이 난무하는 미래 전장에서 검이라니!

그러나 그냥 검이 아니다.

검극에서 뻗어 나가 연장되듯이 길어져 있는 눈부신 푸른 광채는 가히 광선 검의 위용이다.

강력하다. 그것은 지나간 궤적의 모든 것을 베어버리고 파괴한다.

그러나 그것이 그가 과학적으로 이해할 수 있는 범주 그 이상이라는 데서는 이번에도 마법의 차원으로 제쳐두어야 할 듯하다.

김강한이 이전에도 몇 번 언급했던 바의 마법 말이다.

총공격

삼백에 달하는 로봇 개 떼는 완전히 괴멸되었다. 주변 사방에 동강 난 로봇 개들의 잔해가 무수히 널린 광경은, 김강한 스스로도 그 혼자서 행한 일이라곤 믿기지 않을 만큼 엄청나다.

그런데 다시 그때다. 멀리 거리를 두고 포진해 있던 전투 머신 군단의 본진이 일제히 접근해 오기 시작한다. 이윽고 총공격을 시작하려는 모양새다. 수천에 달하는 엄청난 숫자가 사방의 대지를 온통 뒤덮다시피 하는 중에 점점 다가오는 그것들은 소형에서부터 대형까지 그리고 각양각색의 형상들이다.

두두~두~!

두두두~두두~!

지진이 난 것처럼 땅이 울린다. 로봇 군단이 이윽고 속도를 높여 달리면서다. 일제히 돌진해 오는 그런 기세만으로도 보는 사람을 질리게 만든다. 인해전술(人海戰術)이라고 하더니 이건 가히 기해전술(機海戰術)이다.

김강한이 일시 아연하다. 그가 아무리 강하다고 해도 저런 규모의 적과 혼자서 맞설 엄두는 나지 않는다. 물론 그가 마음만 먹는다면 아예 피해 버릴 수도 있다. 그러나 아직은 그럴 때가 아니다. 최유한 박사가 시점을 알려줄 것이다. 그때까지는 좀 더 버티고 있어야 한다.

투두~두~!

투두두~두두~!

어슴푸레 깔린 어둠 속에서 거대한 모래 폭풍과도 같은 흙먼지가 일어나며 주변 일대의 공간을 아예 뒤덮어 버린다.

좁은 통로

김강한은 외단의 방어막을 새롭게 구축한다. 방어막에 다층(多層)의 각진 모서리를 형성시키는데, 그 각이 급하고도 매끄럽다.

타다다~당!

파파파~팟!

자욱한 흙먼지를 뚫고 외단의 방어막에 무수한 충격이 가해진다. 전투 머신들이다. 다양한 형태의 크고 작은 전투 머신들이 수도 없이 방어막을 덮치고 부딪치고 기어오른다. 그것들이 대개는 방어막 아래로 미끄러져 내리지만, 이내 방어막의 주변 전체를 겹겹이 덮어씌우고 만다.

그러나 그것들은 막상 그 견고하고도 매끄럽기 짝이 없는 외단의 방어막에 작은 손상도 입히지 못한다. 다만 겹겹으로 덮어씌우고 그 위를 또 층층으로 덮어씌우며 빠르게 하나의 커다란 산을 만들어가는 형국에서 그것들은 마치 자신들의 무게로 방어막을 아예 압착시켜 버릴 듯한 기세다.

그때 김강한은 외단 방어막의 전면에 새롭게 뾰족한 원통의 돌출부를 만들며 제법 길게 뻗어낸다. 마치 커다란 뿔이 하나 돋아나는 듯한 형상이다. 하나의 통로다. 방어막 안으로 들어올 수 있는 제한된 크기의 좁은 통로!

가차 없이

갑자기 방어막 안으로 통하는 통로가 열리자 당장에 통로 주변의 전투 머신들이 그 겹겹의 중첩 속에서도 악착을 부리며 수십 기 정도가 기어코 통로 안으로 비집고 들어선다. 그리고 곧장 통로 안쪽의 김강한을 향해 돌진하는데, 그때다.

위~이이~잉!

김강한의 백팔아검이 나직하나 웅장한 저음의 울림을 토해낸다. 그리고 검신으로부터 눈부신 광채가 쭉 뻗어 나가더니 통로를 가득 채우며 밀고 들어오는 전투 머신들 중 일선의 십여 기를 간단히 베고 지나간다.

파스~슷!

그 십여 기 전투 머신들의 움직임이 일시 주춤하더니 다음 순간에는 몸통들이 갈라지고 절단되며,

투~둑!

투두~둑!

동강 난 몸체들이 바닥으로 떨어지고 또 허물어진다. 그러나 이내 그 뒤의 십여 기가 다시 밀고 들어온다.

파스~슷!

백팔아검의 검강이 다시 그 십여 기를 베고 지나가고!

투~둑!

투두~둑!

동강 난 몸체들이 바닥으로 떨어지고 또 허물어지고! 또다시 그 뒤의 한 열(列) 십여 기가 밀고 들어오고, 백팔아검의 검강이 베고 지나가고! 같은 양상이 몇 차례 더 반복된다.

그러나 전투 머신들은 앞 선이 무너질 때마다 다시 그만큼

이 꾸역꾸역 밀고 들어온다. 하긴 그것들로서는 선택의 여지가 없는 것이리라! 바깥으로부터 통로 안으로 들어서려고 무수한 숫자가 악착을 부리는 중에, 기왕에 통로로 들어선 것들은 등을 떠밀려서라도 계속 앞으로 밀려 나갈 수밖에 없는 노릇이니 말이다.

그런 점에서 김강한이 만들어놓은 방어막의 좁은 통로는 오로지 파괴를 위한 통로이다. 들어오는 놈들을 가차 없이 부수기 위한!

아니, 가차 없다는 말은 어울리지 않겠다. 그래 봤자 고통도 공포도 느끼지 못하는 쇳덩어리의 기계장치에 불과한 것들에게 사정을 보아줄 것이 무엇이며 용서할 여지가 어디에 있겠는가? 그것들 또한 그의 가차 없음에 대해 전혀 실감하지 못할 테고!

일인 요새(一人 要塞)

얼마 지나지 않아서 그 파괴의 통로는 각종의 전투 머신들의 잔해로 가득 찬다. 뒤쪽의 전투 머신들이 더 이상은 들어설 여지가 없을 만큼!

그러자 그때 통로가 방어막 안쪽으로부터 닫혀 버리더니 이어서 통로를 유지하고 있던 그 원통형의 뿔마저도 한순간에 사라져 버린다. 통로가 존재했던 공간에는 전투 머신들의 부서진 잔해들만 작은 언덕처럼 쌓여 있다.

그런데 다시 그때다. 방어막의 다른 방향에서 다시 하나의 원통형 뿔이 뻗어 나온다. 예의 그 파괴의 통로다.

파스~슷!

투두~둑!

통로 안에서 다시 파괴의 반복이 일어난다.

파스~슷!

투두~둑!

김강한은 이제 차라리 무심하다. 외단의 방어벽을 겹겹으로 덮어씌운 채 부수고 뚫고 들어오려 발버둥 치고 몸부림치는 바깥의 저 엄청나고 거대한 전투 머신 군단의 맹렬과 악착은 그와는 아무런 상관도 없는 일이다.

조급하지도 않다. 가차 없이 부수고는 있지만 그렇다고 반드시 부수어야만 하는 것도 아니요, 또 얼마나 많은 수를 부수는가 하는 것도 큰 의미는 없다고 하겠다. 다만 그의 존재감을 과시하는 정도면 될 터다.

새로 만든 통로에도 어느덧 전투 머신들의 부서진 잔해가 이루는 언덕 하나가 다시 솟아나며 빠르게 그 크기를 키워 나간다.

일부당관(一夫當關) 만부막개(萬夫莫開)! 한 사람이 관문을 막으면 만 사람이 와도 열 수 없다는 말이 있다. 지금 김강한의 모습이야말로 그런 말에 어울리는 것이리라! 혼자서 거대한 전투 머신 군단을 능히 가로막고 있는 그는 가히 철옹성의 일인 요새(一人 要塞)다.

초토화

타타타~탕!

타타타타~탕!

돌연히 기총(機銃) 사격이 무수히 불을 뿜는다. 그런 중에,

투두두~둥!

투두두두~둥!

아마도 속사포 종류의 것인 듯한 포성(砲聲)과,

쐐~애~애~앳!

쐐~애~애~앳!

수십의 로켓 포탄이 대기를 가르며 날아오고, 연이어,

쿠쿠~쿵~!

쿠쿠쿠~쿵!

중구경(中口徑) 이상으로 여겨지는 포성이 잇따른다.

콰콰콰~쾅!

콰콰콰콰~쾅!

수백의 굉렬한 폭음이 맹렬히 대지를 떨어 울린다.

그 모든 사격과 발사와 폭발들은 한 지점에 집중된다. 바로 김강한이 외단의 방어막을 치고 예의 그 파괴의 통로를 생성시켜 전투 머신들을 파괴하고 있는 지점이다. 사격과 포격의 원점은 상당 거리가 떨어진 후방으로부터다. 그곳에 중대형의 전투 머신들이 대규모로 포진하고 있는데 그것들이 탑재하고 있는 각종의 화력(火力)이 일제히 불을 뿜고 있다.

김강한이 있는 주변 일대는 순식간에 초토화가 되고 만다. 그뿐만이 아니다. 외단의 방어막을 겹겹으로 뒤덮으며 산을 이루다시피 하고 있던 무수한 전투 머신들까지도 그 맹렬한 포격에 지리멸렬하고 만다.

뿐만 아니다. 집중 포격으로 인한 화염과 흙먼지가 지상의 대지를 자욱하게 뒤덮은 중에 상공에서는 사라졌던 드론 스웜이 다시 모습을 드러내며 밤하늘을 빽빽하게 채우더니 곧장 지상으로 내리꽂히기 시작한다.

쿠쿠~쿵!

쿠쿠쿠~쿵!

무차별의 공습으로 김강한이 있는 주변 일대는 다시 한번 초토화가 되고 만다.

섬광우(閃光雨)

"UAI가 반격을 시작합니다!"

능이의 말이다. 그것은 곧, 이제 김강한이 뒤로 물러서도 된다는 의미이기도 하다.

그러나 그는 잠시 더 상황을 보기로 한다. 어차피 저들의 포격과 공습으로는 그를 어떻게 할 수 없다. 그는 진즉에 저들의 목표 지점에서 벗어나 있는 중이고, 그리하여 저들은 애꿎게도 자신들의 화력으로 자신들의 전투 기계만 작살내고 있는 격이다.

"적 신호교란 중입니다!"

능이가 다시 알린다. 그리고 곧바로 상공의 드론 스웜의 움직임이 눈으로도 확연할 만큼 어지러워지기 시작한다. 이리저리 비행 궤적이 얽히며 드론들끼리 충돌을 하기도 하고, 혹은 맥없이 추락해서 엉뚱한 곳에서 폭발하기도 한다. 그런 중에도 자폭은 계속되는데 그 범위가 사뭇 넓게 분산되어서 더 이상 공습의 실효를 거두기는 어려워 보인다. 하긴 공습의 목표인 김강한에 대한 실효라면 이미 진작부터 없어진 것이지만!

지상의 전투 머신 군단도 지금까지의 일사불란하던 움직임에 비해서는 곳곳에서 혼란스러운 움직임이 여실히 나타나고 있다.

"MSS 공격이 시작됩니다!"

다시 능이의 말이 있고 곧장 밤하늘에서 낙뢰의 섬광 같은 빛줄기들이 무수히 지상으로 내리꽂힌다.

번~쩍!

버번~쩍!

일대 장관이다. 암천(暗天)을 가득 메우다시피 내리꽂히는 수많은 빛줄기들의 향연은 차라리 찬란하도록 아름답다. 가히 섬광의 비, 섬광우(閃光雨)다. 그러나 그것은 향연이 아니다. 완성 단계의 MSS가 펼치는 가공할 파괴다.

콰콰~쾅~!

콰콰콰~쾅!

UAI와 MSS의 대반격이다. MSS의 광선포 공격에 드론 스웜 중의 일부가 파괴되기도 하지만, 주로 타격을 받는 것은 지상의 전투 머신들이다. 곳곳에서 전투 머신들이 무더기로 파괴되고 있다.

드론 스웜 중 일부는 신호교란을 받는 중에도 곧장 수직 상승을 시도하는 모습들인데, 아마도 광선포의 근원을 탐지하려는 것이리라. 그러나 대기권 바깥의 위성궤도를 도는 초소형 위성들에서 쏘아지는 광선포다. 드론들의 탐색으로 추적이 될 건 아닐 것이다.

최유한 박사가 UAI로부터 받은 보고에 따르면, 적들의 것으로 보이는 몇 개의 군사위성과 또 성층권의 무인정찰기 여러 대가 역시 MSS를 추적하는 움직임을 보이는 것으로 파악되었다.

그러나 궤도 위성인 군사위성은 이내 가용 탐지 범위에서 벗어나 버렸고, 무인정찰기들은 지상의 목표 지점을 지속적으로 감시 관찰할 수 있다지만 역시 대기권 바깥의 초소형 위성을 탐지하기는 무리인데 그마저도 MSS로부터 비롯되는 통신 체계 혼란으로 무력화 상태에 빠지고 만다.

콰콰~쾅~!

콰콰콰~쾅!

지상의 전투 머신 군단이 곳곳에서 속절없이 파괴되고 있다.

최종의 유인

기이이~잉!

지면의 한 곳이 열린다. 은폐되어 있던 지하 요새로의 출입 통로다. 김강한이 바람처럼 움직여 통로 안으로 진입하자 무수한 전투 머신들이 마치 파도처럼 그를 뒤쫓는다. MSS의 광선포가 그것들에게로 집중된다.

번~쩍!

버번~쩍!

콰콰~쾅~!

콰콰콰~쾅!

전투 머신들이 속속 파괴되는 중에,

기이이~잉!

통로는 다시 굳게 닫혀 버린다. 통로가 있던 지면 위로는 순식간에 몰려든 전투 머신들로 빽빽한 군집을 이루지만 MSS의 광선 포격에 좋은 표적이 될 뿐이다.

콰콰~쾅~!

콰콰콰~쾅!

김강한이 적에게 상당한 타격을 입히고 난 다음에 보란 듯이 지하 요새 안으로 사라진 것은 의도적인 도피이고, 처음부터 계획된 최종의 유인이다. 즉, 이제야말로 심마를 비롯한 구마천의 실체와 핵심들을 끌어들이기 위해서다.

일단의 패퇴(敗退)

번~쩍!

버번~쩍!

콰콰~쾅~!

콰콰콰~쾅!

수백수천의 광선포가 벼락의 비(雷雨)처럼 지상을 휩쓸며 그야말로 모든 것을 초토화시키고 있다. 전투 머신들은 지리멸렬하고 있다. 이건 더 이상 전투가 아니다. 일방적인 파괴다.

최유한 박사는 아주 작정을 한 모양이다. 지금껏 반격을 참았던 만큼 이제야말로 그의 창조물인 UAI와 MSS의 위력을 맘껏 과시하기로!

그러던 어느 순간이다. 광선포의 폭격에 쫓겨 일대 혼란에 빠져 있던 전투 머신 군단이 갑자기 사방으로 넓게 분산하기 시작한다. 그러더니 일제히 ASF 요새의 지상 권역으로부터도 벗어나 사라진다.

그런 중에 상공의 드론 스웜도 일제히 사라진 걸 보면 구마천의 지휘부는 이윽고 일단의 패퇴를 결정하고 명령을 내린 모양이다.

뒤이어 MSS의 광선 포격도 멈추고 나니 사방은 돌연 한밤의 정적을 되찾는다.

드넓은 대지에는 무수히 널브러진 전투 머신들의 잔재와 온통 패이고 뒤집어진 포격의 흔적들만이 을씨년스럽다.

재개(再開)

정적은 그리 오래가지 않는다. 한순간 밤하늘에 수백 개의 검은 점 같은 것들이 모습을 드러낸다. 그리고 이내 근접하는 그것들은 비행체들이다. 좀 전의 드론 스웜보다는 개체의 크기가 훨씬 크고 형상도 길쭉한 원통형으로 마치 수백 개의 미사일이 일제히 날아오는 듯하다.

번~쩍!

버번~쩍!

곧바로 MSS의 광선 포격이 재개되고 수십 기의 비행체들을 명중시킨다.

펑~!

퍼~펑!

밤하늘에서 일어나는 폭발은 난데없는 불꽃놀이라도 하듯이 화려하기까지 하다. 그런데 다음 순간이다. 그 수백 기의 미사일 같은 형상의 비행체들이 일제히 지상으로 내리꽂히기 시작한다.

이전의 드론 스웜에서 보여주었듯이 역시 자폭인가? 그 개체의 크기만으로도 드론보다 훨씬 더 강력한? 그런데 아니다. 그것들은 지면에 부딪치고도 폭발을 일으키는 대신에 그대로 지면을 뚫고 들어간다.

방호 능력

지하 요새 중앙통제실의 상황 스크린에 일단의 움직임들이 표시되고 있다. 요새의 상부 방호벽을 뚫고 들어오는 물체들이다. 바로 요새 상공에서 지면으로 낙하하여 지면을 파고들었던 예의 그 미사일 형상의 비행체들이다.

"벙커버스터인가?"

최유한 박사는 중얼거리며 고개를 갸웃한다. 이제 적들이 ASF 요새의 지하 시설에 대해 상당 부분을 파악했을 것이니만큼, 벙커버스터를 사용할 이유는 충분하다. 물론 아무리 대단한 구마천이라고 하더라도 어떻게 대한민국 내로 수백 기에 달하는 벙커버스터를 반입하고 더욱이 저런 규모의 일제 발사까지 할 수 있는지에 대한 의문은 일단 제쳐두고 말이다.

최유한 박사가 그렇다고 심각해지는 것까진 아니다. ASF 요새는 다양한 외부로부터의 공격에 대한 방호 능력을 갖추고 있다.

즉, 기존의 강화 콘크리트에 비해 몇 배 이상의 강도를 가지는 특수 강화 콘크리트에다 반응장갑기술(反應裝甲技術)을 응용한 신공법을 적용하여 그 방호 능력을 다시 몇 배로 강화하였다. 그럼으로써 대규모의 공중 폭격은 물론이고 벙커버스터에 대해서도 대비가 되어 있는 것이다.

물론 강화 콘크리트를 백 미터까지도 관통한다는 최신의 벙커버스터라면 상황이 달라질 것이다. 그러나 그런 벙커버스터는 그 무게만도 수십 톤에 달하는 초대형급인데, 파악된 비행체들의 제원은 그런 정도의 급에 한참 미치지 못한다.

그렇다면 흙으로 된 수십 미터의 지층(地層)은 관통하여 내려오겠지만, 그다음의 견고한 요새 상부 방호벽을 뚫어내지는 못할 것이다.

미처 염두에 두지 못한 경우의 수

위~잉!

위이~잉!

최유한 박사는 문득 진동을 느낀다. 요새의 상부 방호벽으로부터 중앙통제실까지 직접 전해지는 것이니 그것이 얼마나 강력한 것인지 익히 실감해 볼 수가 있다.

상황 스크린을 주시하는 최유한 박사의 얼굴이 굳어진다. 스크린에 표시되는 그 일단의 움직임들은 흙으로 된 수십 미터의 지층을 빠르게 관통하고 놀랍게도 다시 요새 상부 방호벽까지도 그대로 뚫어내고 있는 중이다.

'벙커버스터가 아니었단 말인가? 설마 굴착을 해 들어오고 있다?'

그의 의문은 다분히 뒤늦은 감이 있다. UAI가 이미 그것들의 강력한 회전에 의해 요새 상부 방호벽이 빠르게 뚫리고 있는 상황을 보고하고 있는 중이므로!

소형의 벙커버스터라고 생각했던 것은 벙커버스터의 형태를 더한 일종의 굴착 로봇이다. 스스로의 몸체를 강력하게 회전시켜 특수 강화 콘크리트마저 무용지물로 만드는 놀라운 굴착 로봇!

위이~잉!

위이이~잉!

진동은 점점 더 생생해지고 커진다. 그것들이 요새 상부 방호벽을 뚫고 내려오는 속도가 어떠한지를 여실히 실감하지 않을 수 없다. 최유한 박사가 자부했던 바의 특수 강화 콘크리트의 강도를 감안한다면 믿기 어려울 정도의 속도다. 그는 이윽고 당황하고 만다.

'정말로 요새의 상부 방호벽이 뚫린다면?'

그로서는 염두에 두지 못했던 상황이다. 그렇게 되면 자칫 속수무책으로 되고 만다. 적이 요새 상부 방호벽을 곧장 뚫고 내려오는 상황에 대해서는 미처 방비가 없는 것이다.

위기

최유한 박사의 불안감은 기어이 현실화가 되고 만다. 요새가 뚫리고 있는 것이다.

요새의 내부 통로에 각 단계별로 설치된 차단벽을 작동시키고 있는 중이긴 하다.

그러나 수백 기에 달하는 굴착 로봇이 불특정으로 요새 내부의 각 지점을 뚫고 들어오는 상황에서는 그것도 별 무소용이다.

더욱이 굴착 로봇들은 차단벽이 아니라 아예 그 주변의 벽체를 허물며 내부로의 진입을 시도하고 있다.

이어 상황은 더욱 심각하게 번지고 있다. 지상으로부터 굴착 로봇이 뚫어놓은 관통 궤적을 따라 무수히 많은 소형의 전투 머신들이 요새 내부로 진입을 하고 있는 것이다.

그리고 요새 내부로 진입한 그 소형의 전투 머신들은 그 하나하나가 다시 UNIT이 되어 다양한 형태의 결합을 이루며 훨씬 더 큰 형태의 대형 전투로봇으로 화한 다음, 막강해진 파워로 거침없이 요새의 중심부로 진격을 해 들어오고 있다.

그가 올 때까지

최유한 박사는 당황을 추스르고 애써 차분함을 되찾는다. 그리고 우선은 능이에게 요새 내부의 상황과 자신이 고립되었음을 전달한다.

이어 그는 중앙통제실 주변의 차단벽들을 전부 다 작동시킨다. 그럼으로써 중앙통제실은 요새 내 최후의 보루이자 하나의 작은 철옹성으로 화했다. 물론 그것만으로는 적의 전투 로봇들을 막을 수 없을 것이다. 다만 시간을 벌 수 있을 뿐!

김강한은 지금 요새 초입의 진입로를 지키고 있다. 구마천의 핵심 지휘부가 그곳을 통해서 들어올 것이라고 판단한 때문이다. 이제 능이의 보고를 받고는 곧바로 중앙통제실로 달려오겠지만, 그가 이곳까지 오는 데는 이미 요새의 곳곳을 점유하고 있는 적들의 강한 저항에 부닥치게 될 것이다.

그러나 믿어볼 수밖에! 김강한의 마술을! 오늘 그가 목격한 김강한의 능력은 새삼 믿을 수 없는 것이었으니, 역시나 마술로 치부할 수밖에 없으리라! 그리하여 언젠가 그의 목숨을 구해줬던 것처럼 이번에도 그를 구해주리라 믿어볼 수밖에!

이제부터 그가 할 수 있는 일은, 김강한이 올 때까지 버티는 것뿐이다. 만약 최후의 순간이 먼저 온다면! 그 마지막 순간까지!

한 번만 더 기회가 주어진다면

최유한 박사가 새삼 아쉽기는 하다.

UAI와 MSS 중심의 시스템 전력 측면에 있어서는 여전히 자부를 하는 바이다.

그러나 그는 스스로 목표로 했던 그것들에만 너무 치중했다. 실제의 전투 상황에서 필요한 디테일에 대해서는, 특히 지상 무기체계 쪽으로의 대비는 턱없이 미흡했음을 자인하지 않을 수 없다.

적의 전투력이 그가 충분하다 여겨 대비했던 범주를 크게 넘어섰다는 데서도 그는 오만했다.

더욱이 적이 요새의 상부 방호벽을 뚫고 내부로 침투하는 상황에 거의 무방비로 되고 만 현실에서 그는 경솔하고 미숙했다.

'만약 시간이 다시 주어진다면……! 한 번만 더 기회가 주어진다면……!'

깊은 자책 끝에 그는 쓴웃음을 떠올리고 만다.

정면 돌파뿐이다

김강한은 능이에게서 돌변한 상황과 최유한 박사의 고립을 듣는 즉시로 전력을 다해 중앙통제실을 향해 달린다. 최유한 박사가 위험하다. 최대한 빨리 그에게로 가야 한다.

그러나 얼마 안 가서 김강한은 내부 통로가 붕괴된 지점과 마주친다. 위쪽의 콘크리트 구조물이 크게 무너져 내리면서 통로가 완전히 막혀 버렸다. 그것을 어떻게 치울 엄두를 내보기는 어려운데 마침 능이가 다른 경로를 제시하였고, 그는 왔던 길을 조금 되돌아가서 다른 보조 통로로 접어든다. 보조 통로 역시 군데군데가 무너지고 콘크리트 잔해들이 통로를 가로막고 있지만 그래도 지나갈 만한 틈새를 찾을 수는 있다.

그러나 김강한은 얼마 가지 못해 다시 멈춰 서고 만다. 전투 머신이다. 아니, 그가 보아왔던 것들과는 그 덩치가 비교할 수 없이 커서 전투 머신이라기보다는 전투로봇이라는 게 어울릴 듯하다. 전투로봇은 스스로의 덩치로 무너진 통로의 좁은 틈새를 가로막다시피 하고 있다. 더욱이 전투로봇은 하나가 아니다. 앞선 것의 뒤로 다시 여럿의 전투로봇들이 첩첩이 가로막고 있다. 다만 그나마 다행이라고 할 것은 통로의 좁은 공간 덕에 그것들이 떼로 덤벼드는 상황은 피할 수 있다는 점이다.

전면의 전투로봇이 곧장 김강한을 덮쳐든다. 덩치가 그의 두 배쯤이나 되는 기계 뭉치의 무지막지한 돌진에 주변의 벽과 바닥이 사정없이 패고 부서져 나간다.

위~이이~잉!

김강한의 백팔아검이 웅장한 저음의 울림을 토해내며 푸른 빛의 검강을 발현시킨다. 그러고는 곧장 검신으로부터 한 줄기 눈부신 광채가 쭉 뻗어 나가며 전투로봇을 벤다. 그러나,

파~강!

금속성의 소리가 날카롭게 일어나지만 백팔아검의 검강은

전투로봇의 동체를 한 번에 베지는 못하고 합체된 유닛들 중의 일부만 베고는 옆으로 빠져나와 버린다.

김강한은 설핏 미간을 좁히고 만다. 그가 지금까지 상대해 보았던 전투 머신들과는 또 다른 차원의 상대다. 더욱이 제한된 공간에서 무지막지한 파워를 발휘해 내는 전투로봇들을 검강으로도 단번에는 이떻게 해볼 수 없는 상황은 난감하고도 곤란하다.

그렇다고 다시 뒤로 물러날 수는 없다. 또 다른 통로를 찾아볼 수도 있겠지만, 그곳의 상황이 여기보다 수월하리라는 보장은 없다.

무엇보다도 그렇게 돌아갈 시간이 없다. 이런 위력의 전투로봇들이 중앙통제실로도 갔다면? 상황으로 보아 아마도 그럴 것인데, 그렇다면 최유한 박사의 목숨은 그야말로 풍전등화다. 초를 다투어 가야만 한다. 결국 그가 선택할 수 있는 방법은 정면 돌파뿐이다.

무적 신위

한순간 백팔아검에 서린 검강의 푸른빛 광채가 오히려 투명하게 변하여 은은한 광휘를 뿌려낸다. 그것은 검강이 최고의 위력에 달했음을 보여주는 것이다. 다음 순간 백팔아검으로부터 뻗어 나온 검강이 차라리 느릿하게 전투로봇을 베어간다.

스~슷!

가벼운 소리다. 결코 강철이 잘리는 소리로는 여기기 어렵다. 그러나 강철보다 몇 배나 더 강인할 전투로봇의 몸체가 잘리는 소리다.

투두~둥!

동강 난 전투로봇의 동체가 간단히 바닥으로 무너진다. 김강한은 곧장 앞으로 나아간다. 그리고,

스~슷!

스스~슷!

백팔아검으로부터 비롯된 예의 투명 광휘가 거침없이 공간을 누빈다. 아름답기까지 한 그 빛의 궤적을 따라 전투로봇들이 차례로 동강 나며 무너져 내린다.

투~둥!

투두두~둥!

전투로봇들의 동강 난 잔해가 통로에 쌓이는 중에 김강한은 거침없이 전진한다. 가히 무적의 신위다.

제8장

화마(火魔)

화마(火魔)

그는 화마(火魔)다. 구마천의 이 천주! 말 그대로 서열 이 위의 이인자다. 또한 그는 고금 역사상 가장 강했다는 전설의 무인들, 구대마존 중의 한 사람인 화마존(火魔尊)의 진전을 이었다.

화마존은 천지간에 충만한 화기정화(火氣精華)를 본으로 하는 화공(火功)에 있어서 전무후무의 경지를 이룬 무공의 절대자이다. 또한 의술과 화기(火器) 제작, 그리고 기관매복(機關埋

伏)의 설계 및 기타의 잡학 분야—화마존은 스스로 무공에 높은 가치를 두고 나머지의 재주와 재능에 대해서는 다만 잡학일 뿐이라고 했다—에서도 그 조예가 신의 경지에 올라 기이하고 놀라운 발명과 성과를 숱하게 이루어냈다는 기인(奇人)이다.

그러나 다른 구대마존의 당대 계승자들처럼 화마도 한계를 겪어야만 했다. 역시 내공의 한계다. 화마존의 화공을 연마하는 데 요구되는 내공의 수준은 현실적으로 도저히 성취가 불가능한 것이다.

그리하여 독마가 독마존의 독공을 포기하고 스스로 독인이 되어 독의 신기원을 열었다면, 화마 역시 대안을 찾았다. 그 역시 내공과 무공을 포기하고, 차라리 화마존의 다른 진전에 매진한 것이다. 즉, 화마존이 다만 잡학일 뿐이라고 했던 것들이다.

특히 심마와 인연을 맺고 난 뒤부터는 구마천의 무한한 재력과 조직력의 지원을 받아 그가 하고자 하는 모든 형태의 시도와 연구개발을 제한 없이 맘껏 할 수 있었다. 그 결과로 다양한 생체변이 개체들과 각종의 전투 머신과 로봇들, 그리고 드론과 무인기에서부터 최첨단의 위성 체계를 바탕으로 하는 방대한 종합 정보체계 등의 성과물들이 탄생했고, 그것들은 오늘날 역사상 최강의 비국가조직(非國家組織)인 구마천의 핵심 기반 역량이 되었다.

그에게는 심마가 가진 것과 같은 야망은 없다. 그것이 절대의 부와, 절대의 권력, 절대의 명예, 혹은 절대의 원초적인 힘, 또 혹은 그 어떤 절대를 추구하는 야망이든 간에!

그런 만큼 구마천의 이 천주라는 위치에도 크게 의미를 두지 않는다. 그 서열을 인정하지도 않지만 거부하지도 않는다. 그것이 구마천의 절대적 지배자인 심마가 두려워서는 아니다. 다만 그가 원하는 바가 심마의 심계와 또 야망과 상충하지 않고, 또한 오늘날 그가 이룬 성취가 어쨌든 심마와 구마천의 전적인 지원에 의한 것임을 인정하기 때문이다. 그러나 심마가 만약 지금 이상으로 그를 구속하려 한다면 그는 굳이 구마천의 테두리 안에 계속 머물러 있지는 않을 것이다.

그에게는 염원하는 바가 있다. 그가 필생의 업으로 삼아 매진해 온 그의 분야에서 최고의 경지에 오르는 것! 그리하여 그 분야에서 고금의 제일이라고 전해지는 전설의 화마존을 넘어서는 것! 그러고 보면 그것 또한 나름의 절대를 좇는 야망이라고 할 수도 있겠다.

어쩌면 그의 염원 혹은 야망은 이미 이루어진 것인지도 모른다. 굳이 그것을 확인하거나 분명히 해두고 싶은 마음까지는 없더라도 사실 그는 자부하고 있다. 그가 이미 과거 화마존의 성취를 넘어섰다고! 적어도 그의 분야에서만큼은 이미 최고의 경지에 올라섰다고!

조태강은 과연 대단하다

화마는 문득 갈등을 겪는다.

'어느 쪽을 먼저 볼 것이냐?'

두 사람에 대한 가벼운 갈등이다. 둘 중의 하나는 물론 조태강이다.

그리고 나머지 하나는 새롭게 그의 관심을 잡아끌어서 지금의 이 갈등을 만들어내고 있는 자다. 바로 적의 브레인! 즉, 이 사뭇 흥미로운 지하 요새와, 구마천의 것에 전혀 뒤지지 않는 것으로 판단되는 놀라운 정보시스템 체계와 특히 우주 무기체계에서는 구마천과 그도 미처 근접하지 못한 수준까지를 개발하고 실용화 배치까지 해낸 자! 참으로 엄청난 능력을 지닌 자이다.

조태강은 이미 심마의 지대한 관심을 받고 있다. 이번에 그가 직접 본 조태강은 과연 대단하다. 순수한 신체 능력으로 그의 생체변이 개체들과 전투 머신과 로봇들까지를 능히 상대해 냈다.

조태강의 그런 엄청난 무위가 과연 무공에 의한 능력이라면 —믿어지지 않지만, 그것 말고는 달리 설명할 길이 없다— 아마도 내가무공(內家武功)의 전설적 경지인 신화경(神化境)에 이른 것일 터다. 그러기에 심마가 그토록 관심과 흥미를 넘어 집착까지 하고 있는 것이겠지만!

어쨌든 그런 이상에는 그까지 굳이 조태강에게 우선순위를 둘 필요는 없으리라! 오히려 온전히 심마가 집중할 수 있도록 두어야 할 것이다. 이윽고 그 두 명의 초월적 강자들이 격돌하는 희대의 장면을 감상하는 홍복(洪福)을 누리려면 말이다.

최고는 한 사람뿐이어야 한다

사실 조태강보다는 예의 그 브레인이야말로 오히려 한층 더 화마의 흥미를 잡아끄는 데가 있다. 그자가 만약 과학계에서 공식적인 활동을 했다면 능히 최고의 권위자 반열에 올라 있는 인사일 것이다.

그러나 구마천의 방대한 정보시스템이 지금껏 수집하고 분석한 정보 베이스에서도 아직까지 뚜렷하달 만한 내용이 없는 걸 보면, 아마도 어떤 사정으로 스스로를 세상에 드러내지 않은 자이리라!

그런 점에서는 그와 유사한 길을 걷는 동류라고 할까? 그리고 그가 인정하지 않을 수 없을 만큼의 놀라운 재주를 지녔다는 점에서는, 더욱이 전부는 아니지만 일부 분야에서는 오히려 그보다 한 단계 앞서 나간 것으로 보이는 능력치에서는 가히 그의 경쟁자라고 해도 되겠다.

'경쟁자?'

그런 정의가 된 이상에는 그자에 대한 그의 흥미는 결코 호의가 될 수 없다. 일단 경쟁이라면 선의의 경쟁은 없는 것이다. 어떤 분야에서든 최고는 결국 한 사람뿐이어야 한다.

물론 최고가 누군지, 결국의 그 한 사람이 누군지는 이미 분명하다. 그자가 그를 앞서는 분야는 그가 최고라고 자부하는 분야 중에서 그야말로 일부분에 불과할 뿐이다. 더욱이 지금의 결과가 명백히 말해주지 않는가? 이것은 전투이고 나아가 전쟁이다. 승패는 곧 경쟁의 최종적이고도 분명한 결과이다. 적은 이미 무너지기 직전이고, 그는 적의 마지막 숨통을 직접 끊어놓기 위해 지금 이곳에 와 있는 것이다.

그렇더라도 기분이 명쾌하지 않은 것은 어쩔 수가 없다. 적어도 그의 분야에서는, 그가 최고라고 자부하는 분야에서는, 그 어떤 일부라도, 단지 하나의 갈래에서라도 최고의 자리를 내주는 것은 결코 용납할 수 없다. 그런 그를 두고 속 좁다고 해도 할 수 없다. 그것이 그가 일생을 살아온 이유이자 목표이자 최후의 자존심이기 때문이다.

어쩌면 질시일 수도 있다. 심마도 그자의 능력에 대해 이미 파악했을 것이고, 그렇다면 구마천의 지배자로서 그자의 능력을 빌어 구마천의 역량을 다시 한 단계 업그레이드시킬 욕심을 품어볼 만도 하지 않겠는가? 그렇게 되도록 둘 수는 없다. 구마천의 오늘이 있기까지에는 심마의 역할과 기여가 절대적이라고 하겠지만, 그 핵심역량 중에는 그가 이뤄놓은 부분도 사뭇 뚜렷하다. 그 뚜렷함이 다른 누군가에 의해 변색되고 변모되는 것은 결코 바라지 않는다. 온전히 그의 성과와 업적으로 남기를 바라는 것이다.

화마의 가벼운 갈등은 이윽고 명료하게 결론을 맺는다.

'조태강을 우회해서 적의 브레인에게로 먼저 간다! 그리고 몇 가지 궁금한 점을 확인한 다음에 제거한다!'

타이탄

요새의 중앙통제실이 근접한 진입로에 화마가 탑승하고 있는 거대 로봇이 등장한다. 그리고 그 뒤로는 다시 백여 기의 전투로봇들이 따르고 있는데, 이를테면 화마를 호위하는 친위대인 셈이다. 화마는 뿌듯하다. 그가 이런 규모의 전투대형을 이끌고 직접 현장에 참여하는 것은 근 이십 년 만의 일이다.

지하 요새로 들고 나는 각종의 신호를 기반으로 분석된 정보들에다, 지금 곳곳을 휘젓고 있는 전투 머신과 로봇들로부터의 정보를 취합하여 이곳의 상세한 내부 지도가 완성되었다. 적의 메인 컨트롤타워가 멀지 않은 곳에 있다. 지금 그가 있는 곳에서 그곳까지는 이제 겨우 몇 개의 차단벽만이 가로막고 있을 뿐이다.

메인 컨트롤타워가 파괴되면 정보체계를 비롯한 적의 모든 지원시스템이 일시에 붕괴될 것이다. 곧 적의 숨통을 끊어놓을 수 있는 최후의 급소다. 조태강 또한 고립될 것이고, 더 이상 어떤 지원이나 조력도 받을 수 없게 될 터다. 그럼으로써 조태강의 능력은 반감될 것이고, 그런 이상에는 구마천의 막강한 시스템 파워를 결코 감당할 수 없으리라!

몇 겹의 차단벽 외에는 메인 컨트롤타워로의 진입을 가로막는 방어 수단이 딱히 없어 보이는 것은 뜻밖이기까지 하다. 더욱이 그 차단벽마저도 마지막 방어 수단치고는 너무 허술하다. 아마도 적의 브레인은 외적이 이곳까지 들어오는 상황을 미처 감안하지 못했던 모양이다. 역시 과학적 수준과 성과에 있어서는 놀랍다고 할 만하지만 막상의 실전에 있어서는, 더욱이 구마천의 막강한 전투력을 상대하는 데 있어서는 순진하리만치의 풋내기라고 하겠다.

쾅~!

콰~앙!

그의 거대 로봇이 그저 육탄으로 돌진하는 것만으로 그 몇 개의 차단벽이 잇달아서 뚫린다. 그리고 마침내 적의 메인 컨트롤타워가 모습을 보인다. 그리고 전면이 투명의 막으로 이루어진 그곳에는 지금 자그마한 체구의 중년 사내 하나가 서 있다. 그자다. 적의 시스템을 총괄적으로 지휘하는 브레인!

사내의 얼굴에 가감 없이 서린 놀라고 당황한 표정을 보며 화마는 희미하게 미소를 떠올린다. 승자의 여유다. 물론 사내는 그의 미소를 볼 수 없다. 사내가 대면하고 있는 것은 타이탄이다.

타이탄! 그가 필생의 심혈을 기울여 마침내 탄생시킨 역작! 단순한 기계장치나 로봇 따위가 아니다. 최첨단 과학과 미래기술의 총화(總和)다. 그리고 그의 자부심의 정점이다.

결코 사용되지 않기를 바랐던

중앙통제실로 접근하는 통로의 차단벽들이 잇달아 파괴되고 이윽고 거대 로봇을 필두로 백여 기의 적 전투로봇들이 모습을 드러낸다.

최유한 박사는 놀라고 당황하기보다는 차라리 각오를 다진다. 김강한이 먼저 와주기를 간절히 바랐지만, 그 반대의 이런 상황이 오리란 것까지도 기왕에 각오가 된 바이다.

그는 메인 컨트롤 보드 아래쪽을 더듬는다. 손이 떨리고 있다. 스스로 차분하다고 생각하지만, 어쩔 수 없는 내심의 당황이 있는 모양이다. 혹은 비장감일까?

우뚝 돌출된 부분이 손에 닿는다. 비상 버튼이다. 긴급한 상황을 수습하고 되돌리기 위한 것은 아니다. 만약 그런 목적이었다면 가장 눈에 잘 띄는 곳에, 그리고 가장 손이 쉽게 가는 곳에 설치해 두었을 것이다. 최후의 순간을 위한 버튼이다. 모든 것을 날려 버릴 파멸의 버튼! 그리하여 결코 사용되지 않기를 바랐던!

중앙통제실 아래쪽에는 거대한 화약 더미가 매설되어 있다. 버튼을 누르는 순간 TNT 10톤급 위력의 강력한 폭발이 일어난다. 2,500℃의 초열을 품은 화염 폭풍이 시속 15,000킬로미터의 강력한 충격파로 반경 100미터를 휩쓴다. 그 위력은 가히 핵무기급이다. 지하 요새 내의 모든 것들을 녹여 버리고 초토화시킬 것이다. 요새로 진입한 적들은 궤멸될 것이다. 김강한은? 그의 마법을 믿기에 그를 걱정하지는 않는다.

찰나간에 수많은 생각들이 교차하는 중에 최유한 박사는 차라리 가만한 웃음을 떠올린다. 나름 파란만장했던 삶이었다. 실패와 고난 그리고 불행도 있었지만 그래도 일생 염원했던 것을 맘껏 해보았다는 데서, 그리고 완벽하지는 않지만 섭섭하지 않을 만큼의 성과도 이뤘다는 점에서는 만족스럽다. 그리하여 행복했다고는 할 수야 없겠지만 그런대로 괜찮은 인생이었다고 할 수는 있겠다.

그리고 감사해야 할 한 사람! 김강한이다. 인생의 마지막 꽃을 피워보지 못하고 허망하게 스러져 가야 할 운명에서 그를 구해주고, 무엇보다 그가 염원했던 것들을 맘껏 해볼 수 있도록 무조건적인 신뢰와 지원을 해주었던 사람!

'고마웠소! 먼저 가겠소! 천국이 있다면 우리 그곳에서 웃으며 다시 봅시다! 아주 먼 훗날에!'

어심파(御心破)

중앙통제실을 향해 거침없이 다가가던 타이탄의 육중한 걸음이 문득 멈춘다. 주변의 대기로 전파되는 은은한 파동 때문이다. 아니다. 실제의 진동이나 울림은 아니다. 어떤 물리적인 에너지도 아니어서 대기를 매개로 전파되는 것도 아니다.

그것은 다만 사람만이 느낄 수 있는 것이다. 마음의 속삭임? 혹은 영혼의 울림 같은 것? 따라서 타이탄의 민감하고도 정확한 감지 시스템에도 식별되지 않았고 단지 화마 자신만 느낄 수 있을 뿐이다.

사실은 화마도 잘 알지 못한다. 다만 그에게 익숙한 것이기에 그것에 대한 정의를 단편적이나마 사뭇 분명한 정도로 해두고 있기는 하다.

'무공도 아니고 과학도 아닌 것! 그 옛날 화마존이 정의했던

바의 잡학에 끼지도 못하는 것! 결코 정상적이지 않으며 정당하지도 않은 것!'

바로 어심파(御心破)다. 심마의!

화마는 문득 찜찜하다. 어심파는 심마의 절대비공으로, 그가 평상시 그것을 드러내는 경우는 거의 없다. 더욱이 지금의 이런 정도면 어심파의 약한 단계다. 조태강과 같은 내가고수에게 영향을 미칠 수는 없다. 다만 보통의 사람이라면 속수무책으로 당할 수밖에 없을 터이고, 또 그 영향 범위를 광범위하게 분포시킬 수 있어서 이곳 지하 요새의 전체를 커버할 수는 있을 것이다. 그럼으로써 확연해진다. 심마는 지금 적의 브레인을 겨냥하고 있는 것이다. 화마의 찜찜함 역시도 바로 그런 데서 비롯된다.

'심마가 이미 적 브레인의 능력과 가치를 평가하고서 욕심을 내고 있다? 나아가 적 브레인을 미연에 제거해 버리려는 나의 속내까지 파악을 했다? 그리하여 나를 제지하고 직접 적 브레인에 대한 제압에 나섰다?'

그 몇 가지의 자문(自問)에 대해 화마는 곧바로 수긍하지 않을 수 없다.

'그럴 수 있겠다. 심마라면! 그의 치밀함이라면!'

그러나 심마의 정확한 의중을 지레짐작해 보기에 아직은 선부르다고 하겠다. 일단은 잠시 상황을 지켜보는 수밖에!

그자다!

거침없이 들이닥칠 듯하던 전투로봇들이 중앙통제실 바로 가까이에서 갑자기 멈춰 서는 광경에 최유한 박사는 안도보다는 다시금 일말의 간절한 희망을 되살린다. 지금 이 잠깐의 틈에라도 김강한이 와주기를! 그런데 그때다.

쿵!

그는 갑작스러운 충격을 느낀다. 돌연히 가슴이 내려앉는 듯하다. 물리적인 충격이 아니다. 마음이다. 까닭 없이 생각이 흔들리며 종잡기 어렵게 된다. 추스르려 애써보지만 도무지 진정이 되지 않는다.

당황스럽다. 스스로의 생각을 통제할 수 없다니! 이런 경우는 처음이다. 그는 스스로의 소신과 신념의 뚜렷함에 자부심을 가지고 살아온 사람이다. 아무리 다급하고 절박한 경우에 처했을 때도, 이렇게 마음의 갈피를 못 잡았던 경우는 없었다. 심지어 죽음을 눈앞에 두었을 때도!

'이건……?'

그는 문득 깨닫는다. 이것이 그 스스로 마음의 어떤 작용에 의해서 비롯된 것이 아님을! 외부로부터다. 외부로부터 어떤 힘이 그의 마음을 움직이고 혼란시키고 공격하고 있는 것이다. 그 힘은 심리적인 혹은 심령적인 힘이다. 그리고 그는 다시 확연해진다.

'그자다! 구마천의 수뇌 심마라는 자!'

마지막 의지

최유한 박사는 입술을 깨문다. 진즉에 터져 버린 입술에서 흘러나온 피가 입안으로 가득 고여든다. 그 비릿한 맛 때문일까? 최유한 박사의 가뭇하던 의식에 일시의 경각이 생긴다.

'더 이상은 버티기 힘들다!'

버티기 힘들뿐더러, 외부의 침해에 의해 스스로의 의지가 상실된다는 것은 더욱 용납할 수 없다.

'이제 시간이 없다. 더 지체하면 나는 내가 아니게 된다. 마지막 의지가 남아 있을 때 실행해야만 한다!'

적들이 보여준 놀라운 과학기술적 수준과 또 기이한 능력이 이런 정도인데, UAI와 MSS 등 그의 필생의 성과가 자칫 적에게 어떤 형태라도 유리함을 줄 가능성을 염려하지 않을 수 없다.

물론 그럴 가능성은 희박하다. UAI의 자체방어 시스템은 완벽에 가깝다. 그러나 역시 적의 놀라운 능력을 감안할 때는, 조금의 여지라도 남겨놓을 수는 없을 노릇이다.

그는 애써 희미한 웃음을 만들어본다. 그 스스로의 의지다. 그 마지막 의지로 힘껏 버튼을 누른다.

대폭발

쿠우우~웅!

거대한 폭음이 일어나고 동시에 엄청난 화염의 폭풍이 지하 요새를 온통 휩쓸어 나간다.

그 초열의 엄청난 충격파가 모든 것을 녹여 버리고 바수어 버리는 데는 잠깐의 시간이 필요했을 뿐이다. 이윽고 폭발의 여파가 지나간 사방은 완전히 다른 광경으로 화해 있다.

지하 요새의 원래 형상은 전혀 찾아볼 수가 없다. 요새 공간 내에 있던 모든 것이 녹아내리는 것으로도 모자라 전반적인 지형 자체가 꺼져들고 비틀리고 뒤틀렸다.

다만 요새 상부를 받치고 있던 두터운 콘크리트 구조물은 원체 견고해서인지 곳곳에 균열이 가고 잔해 더미가 무너져 내리는 중에도 전체적으로는 잘 버티고 있어서 지면 자체가 아래로 무너져 내리지는 않고 있다.

그렇더라도 곳곳에 웅덩이들이 패이고, 혹은 주름이 말린 듯이 뒤틀려 작은 계곡 같은 형상들을 만들고, 또 머리 위로부터는 수시로 흙더미가 무너져 내리는 모습에서는, 마치 지옥의 축소판 같은 광경을 연출하고 있다.

대답할 수 없는 질문

김강한은 여전히 멍하다. 도대체 무엇이 어떻게 된 것인지……!

그 거대한 폭발의 순간에 그는 미처 상황 판단을 할 겨를도 없었다. 다만 외단이 반사적으로 응축해 들며 그의 몸 주변으로 최대한의 방호벽을 구축했다. 그런 덕으로 그는 이 폐허의 공간에 여전히 살아 있는 것이다.

그런데 그는 아마도 이 지하 공간에 갇히고 만 듯하다. 그러나 다급하지는 않다. 나가고자 한다면 어떻게든 나갈 방법이 있으리라! 다만 망연할 뿐이다. 그때다.

"UAI는 외부의 망(網)으로 분산되었습니다. 재건하는 데는 상당 시간이 소요되고, 그동안에는 제게 백업된 시스템을 폐쇄망으로 운용합니다."

능이다. 그러나 김강한으로서는 알 수 없는 내용이다.

"어떻게 된 거야? 방금 그 폭발은 뭐였어?"

그의 물음에 능이가 곧바로 대답을 낸다.

"TNT 10톤급의 화약 폭발로 추정되고, 폭발의 근원은 중앙통제실 부근 지점으로 파악됩니다."

김강한이 그제야 퍼뜩 다급해진다.

"뭐? 중앙통제실? 그럼 최 박사는? 최 박사는 어떻게 되었어?"

그러나 능이가 대답할 수 있는 질문은 아닐 것이다. 아니, 대답을 듣지 않아도 이미 분명한 사실일 것이다. 최유한 박사가 있던 중앙통제실이 문제가 아니라 지하 요새 전체가 초토화가 된 판에 박사가 무사하기를 바랄 수는 없는 노릇이리라!

능이도 대답을 내지는 않는다. 마치 그럼으로써 그 분명한 사실을 다시 한번 확인해 주는 듯이!

일말의 경외

"전투로봇으로 보이는 움직임과 함께 생체 시그널이 포착됩니다."

능이가 알린다. 그런 중이다. 왼쪽으로 십여 미터쯤에 쌓인 커다란 흙무더기가 꿈틀댄다. 그러더니 이내 격해지며 흙과 구조물의 잔해 등이 사방으로 날아가며 커다란 형체 하나가 벌떡 몸을 일으켜 세운다.

쿠~웅!

바로 화마의 거대 로봇이다.

화마는 뿌듯하게 솟는 자부심에 조금은 들뜬 기분이다. 방금 전의 거대 폭발에 그가 거느리고 있던 전투로봇들은 모두 파괴되고 말았다. 그러나 상관없다. 어차피 소모품들이고 얼마든지 다시 보충하면 될 터이다.

그를 들뜨게 만드는 것은 타이탄이다. 그 엄청난 폭발로도 그의 타이탄만큼은 어쩔 수가 없었다는 점에 대해서다. 물론 타이탄에 대한 그의 믿음은 절대적이다. 그러나 그 믿음을 실제로 확인한다는 것은 언제나 뿌듯한 일이다.

폐허와 아예 새로운 지형으로 변한 주변을 일별하고 나서 다시 조태강에게로 맞추는 화마의 시선에 일말의 경외가 서린다. 타이탄에 대한, 나아가 그 스스로에 대한 자부가 큰 만큼, 그 엄청난 폭발에서 마찬가지로 살아남은 자에 대한 경외다. 그리고 어쩔 수 없는 호기심과 흥분이다.

분노

김강한은 천천히 시선을 들어 앞을 바라본다. 그런 그의 두 눈 깊숙이에 차가운 분노가 일렁이고 있다.

화마는 설핏 당혹스럽다. 조태강의 맹렬한 분노를 읽을 수 있다. 자폭으로 산화한 자신의 브레인을 위한 분노일 것이다.

그러나 오해다. 조태강의 브레인을 자폭하게 한 것은 그가 아니다. 심마다. 그러나 억울할 것까지는 없겠다. 어차피 그 역시도 죽이려고 했던 것은 마찬가지이니 말이다.

그리고 그는 남의 감정에 공감할 필요 따위는 조금도 느끼지 않는 사람이다. 오로지 그 스스로의 감정에만 충실할 뿐이다.

조우(遭遇)

"네가 조태강이냐?"

폐허의 흙더미를 뚫고 솟아나듯이 모습을 드러낸 거대 전투로봇이 말을 건다. 영어다. 능이의 동시통역이 귓속으로 흐르지만, 김강한은 검을 겨누는 것으로 대답을 대신한다. 거대 전투로봇, 화마가 담담한 투로 말을 보탠다.

"나는 화마다! 구대마존 중 화마존의 당대 계승자이자, 구마천의 이 천주이기도 하지!"

그 말에는 김강한이 애써 분노를 억누른다. 냉정해질 필요가 있겠다. 구마천의 이 천주 화마라면 심마 다음의 서열 이위다. 핵심 중의 핵심에 있는 자다. 그런 자가 스스로 하는 말이라면, 더욱이 아직 최종의 적인 심마가 모습을 드러내지 않고 있는 상황에서는, 당장의 분노를 잠시 눌러두고 일단 무슨 말인지 들어보는 것이 현명하다고 하겠다. 그런 중에 화마가 다시 말을 잇는다.

"지금 네가 보고 있는 것은 타이탄이라는 이름의 전투로봇이다. 그리스신화에 나오는 거인. 올림포스의 신족(神族)과 능히 싸웠다는 바로 그 타이탄으로, 감히 단언하건대 구마천이 보유하고 있는 모든 전투 무기 중에서 단일 체계로는 가장 강력한 무기로 공인받고 있는 것이다."

김강한이 가볍게 미간을 좁힌다. 그가 물어보지도 않았는데 상대가 타이탄이라는 거대 전투로봇에 대한 내력을 제법 장황하게까지 말해주는 이유를 짐작하기 어려워서다. 화마가 잠시 말을 멈추고 있더니 다시 불쑥 뱉는다.

"타이탄은 순수하게 내 손에서 탄생된 걸작이다!"

약간은 들뜬 느낌마저 비치는 그 말투에서 화마는 정작 하고 싶던 말을 참고 있다가 이윽고 꺼내기라도 한 듯하다. 그리고 이어서,

"독마가 네 손에 죽었다는 것이 사실이냐? 정말 네가 직접 독마를 죽였느냐? 보고를 받았지만 여전히 믿기가 어렵다. 그의 천멸은 결코 함부로 대할 것이 아닌데, 너는 어떻게 그것을 감당할 수 있었느냐?"

하고 잇달아 질문을 풀어놓는 데서 김강한은 비로소 상대의 심리가 엿보이는 듯하다. 상대는 지금 독마가 제법 대단하지만 자신은 더욱 대단하다는 상대적 우월감을 드러내고 싶어 하는 것이리라! 나아가 타이탄이라는 거대 전투로봇으로

대변될 자신의 능력에 대한 자부를 과시하고 싶어 하는 것이리라!

"독마는 대단했소. 그러나 나는 지금 여기에 있고, 그는 이 세상에 없소."

김강한이 처음으로 꺼낸 말이 능이에 의해 영어로 통역된다. 화마가 굳이 드러내고자 하는 과시에 대한 약간의 도발이라고 해도 좋겠다. 화마에게서 좀 더 말을 끌어내기 위해서다.

화마의 입가에 희미한 웃음기가 맺힌다. 그러나 그 웃음기는 김강한의 그 약간의 도발에 대해 자극받은 것이라고 보기에는 사뭇 묘한 느낌이어서, 그가 이미 충실하고 있던 스스로의 우월감과 자부심 혹은 호기심과 흥미 따위를 오히려 더욱 키우고 있는 것 같기도 하다.

필생의 업적

화마가 스스로 꼽는 필생의 업적은 두 가지로 압축할 수 있다. 한 가지는 타이탄이며, 나머지 한 가지는 역시 타이탄을 운용하는 데 필요한 천신갑(天神鉀)이라는 것이다.

그가 전설의 화마존을 마침내 넘어섰으며, 적어도 자신의 분야에서만큼은 누구도 넘볼 수 없는 독보적인 위치에 도달했음을 자부하는 것도 단적으로 타이탄과 천신갑에 대한 자부로부터 비롯된다.

타이탄은 그 어떤 외부 충격이나 공격으로도 손상시킬 수 없는 불멸의 동체를 지녔다. 또한 자체적으로 탑재하고 있는 극소형의 특수 원자로에서 생성되는 강력한 에너지는 별도의 외부 지원 없이도 장기간 독자적인 전투 수행이 가능한 그야말로 무적의 전투 무기다.

타이탄의 유일한 약점이 있다면 바로 탑승자다. 타이탄이 불멸이라고 해도 그 내부의 탑승자가 외부의 충격이나 자극에 견디지 못하면 타이탄도 한낱 쇳덩어리에 불과하다. 그래서 탄생한 것이 바로 천신갑이다. 하늘의 신이 입는 갑옷! 첨단 나노기술과 미래 섬유공학이 결합하여 만들어낸 최강의 슈트. 즉, 전신을 감싸는 보호복이다. 부드러운 섬유의 특성을 지니면서도 외부의 충격에 대해서는 강철의 몇십 배에 달하는 강인성과 탄력 반발성을 발휘하여 착용자를 보호한다.

그리하여 천신갑을 착용하는 것만으로도 가히 금강불괴가 된다고 할 수 있겠다. 무엇으로도 파괴할 수 없고, 결코 부서지지 않는다는 전설의 금강불괴 말이다. 물론 타이탄이라면 몰라도 인간의 육신으로서 말 그대로의 금강불괴를 이룰 수 있다고는 생각지 않는다. 다만 천신갑을 착용한 이상에는 인간의 육신으로서는 더 이상 강하고 굳건할 수 없는 최강의 신체라고 자부할 수 있다는 것이다.

사실 천신갑을 개발하는 데는 타이탄에 비해 몇 배의 시간과 노력 그리고 비용이 들었다. 천신갑의 역할이 타이탄의 탑승자를 여하한 충격과 극한 환경에서도 능히 견딜 수 있게 하는 데만 있는 것은 아니기 때문이다. 천신갑의 가장 중요한 공능은 기계적이거나 물리적인 것이 아닌, 오히려 생체학적인 분야에 있다. 바로 생체 신경망이다. 즉, 천신갑의 생체 신경망을 타이탄의 제어회로와 접속시키는 것만으로 그 무적의 전투로봇을 마치 탑승자 자신의 신체인 양 자유롭게 통제하고 움직일 수 있는 것이다.

천신갑은 그것을 만드는 데 소요되는 엄청난 기간과 비용, 그리고 무엇보다도 핵심이 되는 희귀 소재의 제한으로 현재까지 단 두 세트만이 제작되었다. 상대적으로 양산이 가능한 타이탄이 또한 단 두 기뿐인 것은 오로지 천신갑의 숫자가 그것밖에 안 되는 이유 때문이다.

최종의 완성형

두 세트의 타이탄과 천신갑은 각기 1호와 2호로 명명되었는데, 화마 자신이 각각의 1호를 가지고 2호들은 심마에게 주어졌다.

사실 1호보다 진화된 형태가 2호다. 그것들의 3호에 대한 계획이 아직까지는 없고 화마 스스로도 크게 의욕을 느끼지 않는 상황이니, 타이탄 2호와 천신갑 2호야말로 최종의 완성형이라고 해도 될 것이다.

그것들의 2호를 심마에게 넘긴 것은 화마로서는 속이 쓰리지 않을 수 없는 일이었다. 그러나 그것들은 처음부터 심마의 특별한 요구에 의해 심마만이 사용할 수 있도록 맞춤으로 설계가 되었다.

타이탄 2호의 경우 1호와 가장 크게 다른 점은 그것이 2인 탑승용으로 만들어졌다는 것이다. 심마와 괴마가 함께 탑승하기 위함이다. 타이탄 1호가 특수 원자로에서 생성되는 강력한 에너지로 구동되는 데 비해 타이탄 2호의 경우는 사뭇 다른 형태인 까닭이다. 즉, 1호의 특수 원자로를 그대로 적용하되 그것에 더해 또 하나의 에너지원을 적용하는 것이다. 바로 괴마의 내공이다. 괴마의 내공을 주 에너지원으로 하고 특수 원자로를 보조 에너지원으로 쓴다는 개념이다.

사실 그런 점에 대해서는 화마로서도 처음에는 전혀 효과적이지 않은 개념이며 결국은 특수 원자로가 주 에너지원으로 쓰일 수밖에 없을 것이라고 단정을 하기도 했었다. 물론 괴마가 내공에 특화된 존재라는 것에 대해서는 심마로부터 들은 바가 있다. 그러나 아무리 괴마가 그런 쪽으로 특화가 되었다고 해도 내공이 결국은 사람의 육신에서 나오는 생체 에너지의 범주임에는 결코 특수 원자로에서 생성되는 에너지의 강력함과 지속성에 비길 바는 아닐 것이란 관점에서다.

그러나 어쨌든 두 개의 에너지원을 병렬 개념으로 운용한다면 괴마의 내공이 기대보다 실효성이 없더라도 타이탄을 구동하는 데는 별지장이 없을 테고, 더욱이 화마 자신이 굳이 토를 달 마음도 없었기에 심마의 모든 요구 사항을 전적으로 수용하여 2호의 개발이 진행되었는데, 심마가 개발 과정에 수시로 참여하여 숱한 요구 사항을 내놓는 바람에 그것들을 반영하고 보완하느라 처음에 계획했던 것보다 몇 배 이상으로 노력과 비용이 소요되었다. 어쨌거나 우여곡절 끝에 타이탄과 천신갑의 2호들이 마침내 완성이 되었을 때 심마는 대만족했다.

다만 개발 과정에서 심마가 괴마와 함께 타이탄 2호에 탑승하여 다양한 시험을 했지만, 그 과정에서는 화마를 철저히 배제하였다. 더욱이 화마 자신은 내공을 운용해 본 적도 없으니 괴마의 내공이 타이탄 2호의 에너지원으로 적용된 결과로 과연 어떤 신묘한 위력이 발휘되는지, 또 그럼으로써 2호가 과연 1호에 비해 어떤 점에서 진화를 했고 어떤 정도로 위력이 강화되었는지는 막상 개발자인 그로서도 짐작해 보기가 어려운 부분이 있다.

그러나 화마는 만족한다. 심마가 요구했던 바는 충실히 반영하였고 기술적으로도 완벽하다. 나머지는 그것을 운용하는 심마의 몫이다. 설령 그것이 애초에 원했던 바의 결과를 내지 못한다고 하더라도 그 자신의 부족함 때문은 아닌 것이다. 그리고 만약에 과연 타이탄 2호가 개발자인 그마저도 미처 짐작하지 못했던 차원의 능력을 발휘한다면, 그것이 비록 심마의 것이 되었다고 하더라도 결국 그것은 그에 의해 만들어진 걸작이자 업적인 것이고, 그리하여 심마가 그것으로 강해질수록 그의 명예와 자부는 더욱 빛을 발할 것이다.

경천동지

쿠~웅!

화마의 타이탄이 이윽고 앞으로 한 걸음을 떼고 있다. 육중하다. 김강한이 딛고 있는 바닥에서도 진동을 느낄 정도다.

그러나 그 육중한 한 걸음은 전투의 시작을 알리는 다만 상징적인 의미쯤이었던 모양이다. 다음 순간에 타이탄은 직전의 육중함을 전혀 떠올리지 못할 만큼의 놀라운 속도로 치달려 온다.

쿠~쿠~쿠~쿠~쿵!

빠르다. 민첩하다. 그리고 타이탄의 손에는 어느 틈엔지 거대한 검 한 자루가 들려 있는데, 그것에서는 눈부신 빛이 발산되고 있다. 마치 영화 속의 광선 검 같다.

김강한의 백팔아검이 또한 눈부신 푸른 광채로 빛난다. 검강의 발현이다. 그리고 검강은 한순간 검신으로부터 길게 뻗어 나가 타이탄의 거대 검과 적어도 길이에서는 비슷하게 된다.

지이이~잉!

두 개의 빛나는 검이 부딪치면서 만들어내는 기묘한 음파가 주변 대기를 떨어 울린다. 그러나 한 번의 격돌에서 그 둘 중 어느 하나도 다른 하나를 훼손시키지 못했다. 닿는 무엇이라도 베어버린다는 백팔아검의 검강으로도, 엄청난 거력과 극강의 충격파로 충만된 타이탄의 거검(巨劍)으로도, 그저 서로를 튕겨내고 미끄러뜨렸을 뿐이다.

지이~잉!

지이이~잉!

다시금의 격돌이 이어지면서 눈부신 빛의 궤적들이 무참하게 공간을 찢어발긴다. 애꿎은 사방의 벽과 지면이 거침없이 쪼개지고 갈라진다. 그것은 인간세계의 싸움이 아닌 듯하다. 인간을 초월하는 초인들의 싸움이다. 아무도 보지 않는 폐허의 지하 공간에서 그야말로 경천동지의 싸움이 벌어지고 있다.

극강 대 극강

언뜻 보기에는 김강한이 밀리고 있는 것 같다.

지면의 뒤틀림과 곳곳에 산적한 장애물들로 인해 그들이 싸움을 벌이고 있는 공간은 사뭇 제한적이다. 그럼으로써 둘의 싸움은 근접 육탄전의 형태가 되고 있다. 그런 중에 거대한 동체와 또한 거대한 광선 검을 맹렬히 휘둘러 대는 타이탄에 대해, 김강한은 상대적으로 왜소한 덩치에서부터 역부족으로 보인다. 더욱이 타이탄은 엄청난 거력에다, 강철의 거대 동체임에도 놀랍도록 빠르고 유연하며 반사적인 반응 능력을 보이고 있고, 더하여 그 거대한 검에서 뿜어지는 강력한 에너지빔은 김강한의 검강에 전혀 밀리지 않는 위력을 발휘하고 있다.

그러나 실상 김강한이 열세에 처해 있는 건 아니다. 외단의 확장으로 그는 오히려 타이탄 이상의 공간을 장악하고 있다. 뿐만 아니다. 그가 하고자만 한다면 스피드에서도 당장에 유리함을 확보할 수 있을 것이다. 그러나 그는 지금 최유한 박사의 죽음에 대해 차가운 분노에 휩싸여 있는 중이다. 그리하여 상대의 강함에 대해서 일단 회피하고 다른 측면의 유리함으로 대응을 하기보다는, 오히려 같은 유의 강함으로 맞받고 있다. 강 대 강(强對强)이다.

백팔아검의 검강은 이제 완전한 백광으로 눈부신 광휘를 뿌려내고 있다. 검강의 극치로 가고 있는 것이고, 김강한이 한 번도 가보지 않은 단계다.

파~우~웅!

다시 한번의 격돌이 있더니, 순간 타이탄의 거대 검이,

파~슷!

산산이 가루로 부서져 허공중에 흩어진다. 눈부신 백광의 백팔아검이 내쳐 타이탄의 동체를 벤다. 그러나,

피~깅!

검은 튕기듯이 미끄러져 나가고 만다. 극치의 검강으로도 타이탄의 동체는 베지 못한 것이다. 김강한이 이를 악물며 순간 최대의 내력을 검에 집중시킨다.

구우우우~웅!

백팔아검이 웅혼한 울음소리를 토해낸다. 그리고 그 눈부시던 백광의 광휘가 문득 완전한 투명으로 화하더니 단지 은은한 서광처럼 희미한 광채로만 아른거린다. 그리고,

번~뜩!

한 무리의 서광이 타이탄의 목 부위를 베어가고, 놀랍게도 검은 불괴의 강인함을 자랑하던 타이탄의 동체를 파고든다.

그그~긍!

그러나 검이 타이탄 동체의 목 부위를 절반쯤이나 베었을 때다. 검을 뒤덮고 있던 예의 그 은은한 서광이 흔적도 없이 소멸되는 듯싶더니 돌연히,

파스~슷!

백팔아검의 검신마저 사라지고 만다. 한순간 부서지며 먼지로 화하고 만 것이다. 타이탄의 동체를 베는 충격에 의한 것이라기보다는 무진장으로 흘러드는 김강한의 내력을 끝내 이겨내지 못한 때문이다.

김강한의 입매가 일자로 굳어진다. 동시에 그의 외단 일부가 몇 가닥의 미세 가닥으로 화해 백팔아검이 만들어놓은 타이탄 동체의 베어진 틈새로 파고든다.

기이~잉!

기이이~잉!

한바탕의 기묘한 소음이 타이탄의 내부로부터 흘러나온다. 그 몇 가닥 외단의 미세 가닥들이 내부를 마구 휘저어대고 있는 것이리라! 외부 동체보다는 약할 수밖에 없는 내부의 제어 회로망과 구동장치 등이 무차별적으로 파괴되고 있는 것이리라! 그런데 그때다.

파파파~팡!

타이탄의 거대한 동체에서 잇따른 폭발이 일어난다. 그리고 동체는 여러 개의 파편으로 화해 사방으로 날아간다.

거대하던 타이탄의 동체가 폭발과 함께 해체되는 순간 그것의 내부로부터 무언가가 불쑥 새롭게 등장하며 지면으로 떨어져 내린다.

바닥에 가볍게 착지하는 그것은 온통 반짝이는 비늘에 뒤덮인 기괴한 형상인데, 그러나 부드러운 움직임과 열 살가량의 어린아이 정도의 작은 체구이지만 그 전체적인 체형에서 그것은 분명 사람이다. 더욱이 타이탄의 내부로부터 나왔다는 점에서는 의심할 바 없이 화마다. 그리고 다음 한 순간,

패~팻!

패애~액!

날카롭게 공기를 가르며 무수한 빛의 줄기들이 김강한을 향해 폭사된다. 화마의 전신을 뒤덮고 있던 예의 그 기묘한 복장. 즉, 천신갑의 반짝이는 비늘 형상들이다.

파파파파~밧!

천신갑의 비늘들은 여지없이 김강한의 전신으로 박혀든다. 그것들은 극단의 예리함으로 능히 외단의 겹층 일부를 파고든 것이다. 그리고 빽빽하게 외단에 박혀든 그것들에서는 다시 눈부신 섬광들이 폭사된다.

짜자자~작!

비늘들이 폭발하며 발산해 내는 초극의 에너지파가 다시금 외단의 겹층들을 파괴해 들어간다. 외단의 겹층이 이런 정도로 뚫리는 것은 김강한으로서도 처음이다.

짜자자자~작!

비늘들이 엄청난 스파크를 일으키며 김강한의 전신은 온통 눈부신 섬광으로 뒤덮인다. 그러나 그것들의 강력한 충격파와 날카로운 투과력으로도 외단의 겹층을 뚫고 들어가는 데는 점차 한계를 보이고 있다. 사실 외단이 이루는 겹층의 수는 거의 무한대에 가깝다. 더욱이 김강한의 본체에 가까이 근접할수록 겹을 이루는 각 층의 강인함은 배가된다. 그것이야말로 김강한의 금강불괴를 이루는 중요한 축이기도 하다.

그런데 그러던 중의 다시 어느 한 순간이다. 그처럼 맹렬하던 섬광의 무리가 일시에 사라지고 만다. 그것들의 에너지가 다 소진되어서 저절로 소멸된 것이 아니다. 외부의 공격에 맞서서 버티고 지켜내던 외단이 한순간에 그 특성을 바꾸어 버린 때문이다. 바로 흡력(吸力)이다. 기이한 흡력으로 일순간 성질을 바꾸며 외부로부터의 그 초극의 에너지를 모조리 흡수해 버린 것이다. 비늘들은 빛을 잃고 잿빛으로 변한 채 외단에 그대로 박혀 있다. 그리고 다시 다음 순간이다.

와~릉!

외단의 가벼운 떨침 한 번에 그것들은,

푸스스~슷!

한 줌의 재로 화해 허공중에 흩어지고 만다.

경이

눈부시게 빛나던 것일수록 그 빛을 잃고 난 후에는 더욱 초라하다. 반짝이는 비늘의 천신갑이 사라진 다음에 드러난 화마의 모습도 그러하다.

난쟁이? 키가 130㎝나 될까? 오척 단구의 발가벗은 나신인 그 왜소한 노인에게서는 더 이상 자부를 찾아볼 수가 없다. 투지조차도 없다. 망연해하는 그의 모습은 그저 일생 동안 이루었던 모든 것을 한순간에 다 잃어버리고 더 이상 삶의 의욕마저 놓아버린 초라한 노인에 불과하다.

그 어떤 외부 충격이나 공격으로도 손상시킬 수 없는 불멸의 동체를 지닌 무적의 전투 무기! 그렇게 자부해 마지않던 타이탄이 손상되리라곤, 더욱이 단지 한 인간의 신체 능력에 의해 그것이 무너지리라고는 화마로서는 상상조차 해보지 못했던 일이다. 타이탄이 해체된 다음 천신갑의 공능으로 다시 한번 조태강과 부딪쳐 보는 대신에 곧장 천신갑 최후의 수이자 비장의 수를 쓴 것은 그것 때문이다. 천신갑의 착용으로 최강의 신체가 되었다고는 하지만, 그 강함을 타이탄에 비길 수는 없는 것이다. 그런데 천신갑 최후의 비기(秘技)마저 너무도 어이없이 깨져 버리고 말았다.

'강하다. 상상했던 이상으로! 어쩌면 심마와도 능히 견줄 만할지도 모르겠다!'

화마의 망연한 눈빛 중에 언뜻 경이로움이 비친다.

무시

화마가 뭐라고 목소리를 내고 있다. 무엇을 묻는 듯하다. 그런데 능이의 통역이 나오기 전에 김강한은 설핏 어색함부터 느낀다.

이미 들었던 화마의 목소리와는 달라서다. 까마귀 울음소리 같다고 할까? 그러고 보면 그가 이전에 들었던 화마의 목소리는 타이탄이나 혹은 예의 그 은빛 비늘의 괴상한 전신복(全身服) 어딘가에 화마의 목소리를 변형시켜 출력하는 오디오시스템 따위로부터 나왔던 모양이다. 마치 그가 능이를 통해서 말을 할 때처럼 말이다.

"너의… 그것은 무엇이냐?"

먼저의 어색함 때문일까? 능이가 통역해서 전하는 말마저 어색하게 들린다. 물론 그렇더라도 화마의 그 말이 무엇에 관해 묻는 것인지는 김강한이 익히 헤아릴 만하다. 외단에 대한 것이리라!

"심마는 어디에 있는가?"

능이에 의해 통역되는 김강한의 대답 대신의 반문에는 화마가 가만히 인상을 쓰며 잠시 틈을 두고 나서야 말을 받는다.

"조태강! 네가 강하다는 것은 인정한다! 과연 독마를 꺾을 만하고, 과연 심마로 하여금 직접 이곳까지 달려오게 만들 만하다. 그러나 조태강! 내 말을 명심해라! 네가 나의 타이탄을 능히 감당하였고 이제 나를 죽인다고 해도… 그러나 아직 나와의 승부는 끝나지 않았다."

김강한이 설핏 미간을 좁힌다. 어떤 내막을 숨기고 있을 법한 말이다. 그러나 그는 간단히 무시해 버린다.

"승부라고? 아니다. 당신은 이미 자격이 없다. 지금 당신이 할 수 있는 유일한 일은 심마를 내게로 오게 하는 것뿐이다."

순간 화마의 얼굴이 벌겋게 달아오른다. 그러더니 부르짖듯이 외친다.

"닥쳐라! 나는 구대마존 중 화마존의 당대 전인이자 구마천의 이 천주인 화마다. 네가 아무리 강하다고 해도 감히 나를 능멸할 수는 없다. 세상의 그 누구라고 해도 감히 그럴 수는 없다!"

김강한이 차갑게 받는다.

"방금 전까지는 그랬는지 모르겠으나 지금 내 앞에 서 있는 당신은 더 이상 화마도 아니고 구마천의 이 천주도 아니다. 그저 힘없고 초라한 노인에 불과하다. 내게 당신은 이미 죽은 것이나 마찬가지이거나, 혹은 차라리 죽는 것만 못한 처지로 보인다. 그리하여 나는 당신을 죽이지 않겠다. 내 손에 죽을 자격조차 없기 때문이다."

이어 김강한이 간단히 몸을 돌리고는 성큼 걸음을 내딛는다. 철저한 무시다.

복수

"너… 너? 네놈이 감히……? 네 이노~옴!"

등 뒤에서 화마가 차라리 울부짖는 듯이 쉰 목소리를 토해낸다. 그러나 김강한은 반응하지 않고 성큼성큼 걸음을 옮긴다. 화마는 잠시 격정을 추스르는 듯하더니 조금은 진정된 톤으로 다시 외친다.

"이놈! 네놈은 이제 곧 또 하나의 타이탄을 보게 될 것이다. 바로 심마가 운용하는 타이탄 2호다. 타이탄 2호는 심마와 함께 탑승하는 괴마의 심후한 내공을 구동 에너지의 한 축으로 사용함으로써 단지 원자로를 에너지원으로 했던 1호에 비해 그 성능을 획기적으로 보완 개량한 최종의 완성형이다. 더욱이 심마는 세상에 다시없는 경인(驚人)의 능력을 지녔으니, 장담하건대 그가 운용하는 타이탄 2호는 지구상의 그 무엇으로도 감당할 수 없는 절대 무적의 위력을 선보일 것이다. 너는 내가 이러한 사실에 대해 말해주는 이유를 알겠느냐?"

김강한이 귀담아듣기는 하되 뒤를 돌아보거나 하지는 않고 무심한 듯이 계속 걸음을 옮긴다. 화마의 날카로운 외침이 이어진다.

"너의 능력이 제법 놀랍다고는 하나 결코 타이탄 2호를 상대할 수는 없다. 결국 그것에 의해 갈가리 찢기고 처참히 짓이겨질 것인데, 그것이 비록 심마에 의해 운용될지라도 바로 나 화마에 의해 창조된 걸작임을 분명히 알려주려는 것이다!"

그런 데서는 김강한이 화마의 심정을 짐작해 볼 만도 하다. 그러나 그는 걸음을 늦추지 않고 성큼성큼 멀어져 갈 뿐이다. 그것이야말로 그의 복수다. 어쩌면 가장 잔인한 복수!

터~덕!

뒤에서 무언가 바닥으로 무너지는 소리가 들린다. 그제야 김강한은 설핏 뒤를 돌아본다.

두 눈을 부릅뜬 채로 바닥에 널브러진 화마의 목에 무언가 반짝이는 작은 조각 하나가 꽂혀 있다. 천신갑의 비늘이다. 한 조각을 남겼던가?

이제야말로

김강한은 걸음을 멈춘다. 이곳에서 심마를 기다릴 작정이다. 심마가 오리란 것을 믿기에! 그는 그때 독마가 했던 말을 다시 한번 가만히 되새겨 본다.

'대천주 심마는 심대한 포부와 무서울 정도로 치밀한 심계를 지닌 최고의 능력자이자, 이미 더 이상 오를 곳이 없는 위치에 도달한 절대자이다. 그런 심마가 조태강에 대해 주목하게 된 것은 상고시대에 홀로 전설의 구대마존 모두와 능히 맞섰다는 절대초인의 후계가 혹시 조태강이 아닐까 하는 추측에서 시작되었을 것이다. 물론 그럴 가능성은 희박하거니와 설령 그 희박함이 실현되더라도 심마가 두려워할 까닭은 없다. 그럼에도 심마가 조태강에게서 그런 가능성을 굳이 확인하고 싶은 욕구를 느끼는 것은 결국 그 스스로의 허무 때문일 것이다. 더 이상 이룰 것도 없고 오를 것도 없는 정점의 단계에 올라서 버린 절대자의 허무! 절대의 힘과 권력을 소유하고 있되, 더 이상 부를 축적하고 힘을 키울 의미를 잃어버린 자의 허무! 그런 터에 심마가 성취한 바의 능력에 필적하는 상대가 나타난다면? 비록 그 필적이 개인의 무력에 한정되는 것이고 또한 필적이라기보다는 그저 근접하는 정도에 불과할 뿐이라고 해도, 심마가 가진 모든 무력을 한번 마음껏 쏟아부어 볼 수만 있다면? 더욱이 그 상대가 고대의 전설로부터 운명처럼 정해진 숙적이라면? 심마는 스스로의 허무를 위로하고, 나아가 오래전에 잃어버렸던 생명의 활기를 다시 누려볼 수 있을 것이다. 또한 심마가 현재 이루고 있는 것들을 위하여 지금까지 치열하게 살아왔던 것처럼, 남은 삶을 다시 치열하게 살아갈 계기를 얻을 수도 있으리라! 그런 기대는 다른 사람들로서는 실감하기 어려울 것이되, 심마에게는 그야말로 절박한 것일 수 있다.'

독마에 이어 화마까지 그에게 꺾였다. 뿐만 아니라 구마천의 막강한 전투력에 능히 맞서는 능력을 보여주었다. 그럼으로써 심마는 이제 조태강이 과연 얼마나 강하며 또 자신의 기대에 과연 어느 정도나 부응할 수 있을지를 충분히 가늠하였을 것이다.

그렇다면 이제 심마는 어떻게 할까? 조태강의 능력이 그의 예상을 뛰어넘는 바라서 경계하고 신중을 기하여 일단 물러나고자 할까? 아닐 것이다. 그의 기대에 부응하는 적수라는 것을 직접 확인하였다면, 이제야말로 그 스스로를 나타낼 것이다.

제9장

—

심마(心魔)

철칙

심마는 흠칫 놀라고 만다. 화마와 연결된 심령상의 끈이 끊어졌다. 그것은 곧 화마의 죽음을 의미하는 것이다. 그러나 곧바로 흥분이 밀려든다.

독마가 죽었을 때는 그래도 여지를 두었었다. 그로서도 미처 짐작하지 못할 어떤 우연한 요인이 개입되었을 수도 있을 것이라고! 그러나 지금 화마의 죽음에서는 어떤 여지도 없이 분명하다. 조태강은 강하다. 어쩌면 그가 유추하고 상상하던 그 이상일 수도 있다.

그럼으로써 조태강이 상고시대에 홀로 전설의 구대마존 모두와 능히 맞섰다는 절대초인의 후계일 가능성도 한층 높아졌다. 기대해 왔던 바다. 아니, 차라리 간절한 바람이었다. 흥분이 고조된다. 마치 극치의 단계로 치닫는 쾌감과도 같이!

그러나 이제부터는 신중해져야 한다. 상대에 대한 파악은 이 정도면 됐다. 그렇다면 이제 반걸음쯤은 뒤로 물러나서 전반적인 상황들을 점검하고 재정비할 필요가 있겠다. 두려움이 아니다. 냉철함이다. 최강의 적을 맞이하여 그로서도 만반의 준비를 갖추고 완벽한 전력으로 싸움에 임하겠다는 것이다. 그런 것이야말로 그가 지금의 위치에까지 올라오면서 철칙으로 지켜왔던 바이다.

치명적인 유혹

막 돌아서려던 심마는 멈칫 서고 만다. 대기를 타고 물결치듯이 번져 오는 한 자락의 기이한 음파 때문이다.

'이건… 설마 어기전성?'

어기전성(御氣傳聲)! 시전자가 자신의 목소리를 기에 실어 멀리까지 전파한다는 전설의 무공 수법이다. 그리고 그 음파가 반복적으로 이루어내는 영어와 중국어의 짧은 문장에서 심마는 어쩔 수 없이 표정에다 놀라움을 담고 만다. 조태강이다. 조태강이 그를 부르고 있다.

어기전성은 내공이 심후할수록 더 멀리 더 넓은 범위까지 보낼 수 있다. 조태강은 지금 수십 미터 아래의 폐쇄된 지하 공간에 있다. 그런데도 지금 그 지하 공간을 넘어 바깥의 지상까지, 그것도 상당히 광범위한 범위를 두루 커버하며 자신의 목소리를 확산시키고 있다. 그것에서 조태강의 내공이 얼마나 놀라운 경지에 도달해 있는지를 여실히 짐작하고도 남는다고 하겠다.

아니, 설령 극고의 내공이 있다고 하더라도 막상 어기전성을 구현할 내공 운용 비결을 알지 못한다면 그 시전은 불가능하다. 그 역시도 마찬가지다. 괴마의 무한정한 내공을 그의 것처럼 자유롭게 쓸 수 있지만, 어기전성을 재현해 내지는 못하는 것이다.

그가 알고 있는 바로 어기전성의 내공 운용 비결은 이미 오래전에 절전되었고 전설로만 남았다. 그런데 지금 조태강이 그 절전된 전설을 재현시키고 있다는 것! 그것에서 그는 자신이 끝까지 남겨두었던 마지막의 여지 하나를 이윽고 완전히 제거한다. 곧 조태강이야말로 그의 시조인 심마존이 경외의 기록으로 남겨두었던 바로 그 절대초인의 후예이리라는, 그리하여 그의 운명적 숙적이리라는 최종의 단정이다.

다음 순간 심마는 곧장 치열한 격정에 빠져든다. 그 격정의 본질이 무엇인지는 그로서도 분명하지가 않다. 맹렬한 투지? 분노? 혹은 그가 간절하게까지 바라왔던 강렬한 자극과 의욕? 또 어쩌면 어이없게도 질시인지도 모르겠다. 그러나 어쨌든, 그 본질이 무엇이든 그것은 다시 한순간에 강렬한 유혹이 된다. 도저히 뿌리칠 수 없는, 지금 당장 달려가지 않고는 견디지 못할 치명적인 유혹!

그렇다. 그가 상대해야 할 것은 거대한 조직도 아니다. 그저 한 개인일 뿐이다. 그리하여 이제 인간 대 인간, 개인 대 개인, 일대일의 대결만 남은 것이다. 그는 인간으로서 이미 궁극에 달했고 초월의 경지에 올라 있다. 더 이상 나아갈 곳이 없는!

그런 터에 여기서 그가 다시 신중을 기할 까닭이 무엇이란 말인가? 더 이상 냉철해질 까닭도 없는 것이다. 한 걸음 물러나 재정비할 필요가 무엇이고 다시 갖출 준비가 무엇이겠는가? 사실 그의 철두철미한 성격에서, 그가 직접 이곳에 왔을 때는 이미 모든 경우에 대비한 만반의 준비가 되어 있는 것이다. 완벽하게!

심마

그는 고대 전설의 구대마존 중 심마존의 직계 후손이다. 즉

가문의 시조가 심마존인 것이다. 그러나 그는 심마존의 후예로서보다는 오히려 심마 자신으로서 자부심을 느낀다.

시조인 심마존은 스스로의 지모와 심계에 대한 자부가 너무 컸다. 스스로의 힘으로 군림하기보다는 당대의 절대자들을 움직이고 조율하여 암중에 천하를 경영하는 것에 희열을 느꼈다. 그리하여 그는 구대마존의 구심점 역할을 하였으되 결코 그들 중의 최강자이거나, 더욱이 그들을 거느리는 위치는 아니었다. 그리하여 당세에 군림천하의 원대한 포부를 이루지도 못했다.

다만 그가 시조 심마존에 대해 한 가지 진정으로 인정하는 것이 있다. 바로 어심파다. 심마존의 시대에는 알려지지도 않았던 독문비학(獨門秘學)이다. 심마존이 구대마존의 수위(首位)에 올라 있기는 하나, 사실은 선천적인 절맥으로 내공을 대성의 경지까지는 수련할 수 없는 처지였다. 그런 까닭에 오히려 내공에 크게 구애받지 않는 어심파와 같은 전무후무의 절학이 탄생했을 것이다.

그러나 심마존은 그 전무후무의 절학을 이론적으로 완성해 놓고도 막상 그 성취에는 소홀하였다. 역시 스스로의 지모와 심계에 대한 배타적이기까지 한 자부 때문이었을 텐데, 만약 심마존이 당대에 어심파를 대성하였더라면 구대마존에 대한 전설은 또 완전히 다른 것으로 바뀌었을 것이다.

그가 심마존을 진즉에 뛰어넘었다고 자부하는 것은 지모와 심계에 있어서 심마존에 비해 조금도 뒤지지 않는다고 자부할뿐더러, 무엇보다도 어심파를 대성한 때문이다. 이미 언급한 바처럼 어심파는 심령의 무공이다. 그 무엇으로도 막을 수 없을뿐더러 피할 수도 없다. 죽음으로도! 오로지 지배당할 수밖에 없다.

그리하여 과거 전설의 시대와는 달리 수준 이상의 내공을 수련하기가 불가능한 현실에서, 비록 시대의 차이는 있을지라도 그는 구대마존의 후예들 모두를 아래로 굽어보는 위치에 오른 지 이미 오래이다. 나아가 구마천의 대천주로서 전 세계를 암중에 장악하고 언제라도 그의 뜻대로 움직일 수 있으니 가히 군림천하의 포부를 이룬 것이나 마찬가지라고 할 것이다.

그러나 세상은 아직 그의 진면모를 알지 못한다. 그가 얼마나 강한지, 또 위대한지! 그런 것은 구마천의 천주들인 화마와 독마도 마찬가지다. 그들은 그에 대해 잘 알고 있다고 생각했겠지만, 막상 그의 진정한 능력에 대해서는 제대로 알지 못했다. 이미 오래전부터 그에게 심령을 지배당해 온 때문이다.

그는 구마천과 관련된 내외부의 중요 인물들의 심령을 지배해 왔다. 물론 그것은 너무도 은밀하여 심령을 종속당하면서도 그들 스스로는 전혀 인식하지 못했다. 화마와 독마는 그들이 이루어낸 최고의 성취와 성과인 천신갑과 타이탄 그리고 천멸에 대해 그들 스스로의 염원과 의지로 탄생시켰다고 여겼지만, 사실은 그의 필요와 요구가 개입되었다. 그리하여 그들은 그것들에 대해 그가 다는 알지 못할 것이라고 여겼겠지만, 사실 그는 그들 못지않게 잘 알고 있다. 뿐더러 그가 취할 부분은 완벽하게 취했다. 다만 그들 스스로는 자신들이 그를 위해 기여하고 희생했다는 사실을 끝내 알지 못했을 뿐이다.

괴마존(怪魔尊)

구대마존 중 최고의 고수가 누군가 하는 것은 상당히 모호하다. 전설로도 뚜렷하게 밝혀진 바가 없다. 심마의 시조 심마존이 스스로의 심계만으로도 천하를 경영할 수 있다고 자부했던 것처럼 구대마존 모두는 각자의 분야에서 최고임을 자부했다.

그러나 당대에서 나머지 구대마존 모두가 공히 인정하지 않을 수 없었던 한 사람이 있다. 무지막지한 내공 괴물! 내공에 있어서만큼은 당대의 최강자! 아니, 당대의 최강자를 넘어 고금의 절대 강자! 내공의 신(神)! 바로 괴마존이다.

그러나 말 그대로 내공에 한해서다. 누구도 괴마존을 당대 최고의 고수라고 인정하지는 않았다. 내공의 경지가 엄청나질수록 괴마존은 점점 스스로를 잃어갔고, 이윽고 그가 염원했던 내공의 궁극 단계에 도달했을 때는 자신의 의지를 완전히 잃어버리고 광인이 되고 말았다. 내공에 모든 것을 다 바쳐 버린 결과다.

아무리 경천동지의 내공을 가졌다 해도 결코 절대 고수의 반열에는 오르지 못한 것이다. 이후 한동안 미쳐 날뛰며 천하를 전전긍긍하게 만들던 괴마존은 어느 순간부터는 자취도 없이 강호무림에서 사라지고 말았다.

괴마(怪魔)

괴마는 괴마존의 후예로 구마천의 삼 천주이다. 그러나 구마천 내부에서조차 그는 철저히 베일에 감춰진 존재다. 그를 직접 본 사람은 없고, 그의 나이가 얼마나 되는지조차도 알려진 바 없다.

괴마에 대해 가장 많이 안다고 할 수 있는 화마조차도 타이탄 2호의 개발에 필수적인 사항을 심마를 통해 들었을 뿐 그 외에 더 깊게 알지는 못한다. 다만 심마의 그림자 같은 존재라는 것 외에는! 그렇듯이 구마천의 대천주이자 실질적인 지배자인 심마에게 최대의 비밀이 있다면, 그것은 아마도 괴마일 것이다.

괴마의 가장 큰 비밀은 그가 바로 괴마존 본인이라는 사실이다. 수천 년 전 전설의 구대마존 중의 일인인 바로 그 괴마존 말이다. 오로지 내공 한길로만 치달려서 이윽고 내공의 궁극지경에 도달했으나, 결국 광인이 되어 천하를 대혼란에 빠뜨리다가 홀연히 사라진 괴마존 말이다.

사실 거기에는 심마존의 개입이 있었다. 무지막지한 내공과 금강불괴에 불사지체를 이룬 괴마존을 천하의 그 누구라도 감히 상대할 수 없었으나, 심마존은 능히 그를 제압하였다.

괴마존의 무공은 오로지 내공만을 위한 것이다. 이를테면 내공 수련의 과정에서 겪을 수밖에 없는 부작용과 위험을 완전히 도외시하고 오로지 내공의 급속 축적만을 추구하는 형태이다. 그런 과정에서 인간으로서의 오욕칠정의 기본 감정과 인성마저도 모두 버렸다. 그리하여 마침내 유사 이래 누구도 가져본 적이 없는 내공의 경지를 이루었으나 결국 정신과 심령의 주화입마를 당하며 광인이 되고 만 것인데. 심마존은 그의 어심파로 괴마존의 마지막 남은 인간으로서의 면모를 아예 완전히 제거해 버림으로써 무의식, 무감정의 다만 맹목적인 생명체로 자신에게 종속을 시켜 버린 것이다.

그러나 심마존은 그런 사실을 굳이 드러내지는 않았다. 강호는 원래가 온갖 말과 소문이 횡행하는 곳이다. 그런 터에 이제 그가 가공할 괴물인 괴마존을 그의 수족처럼 부릴 수 있게 된 사실을 알게 되면, 그에게 집중될 온갖 질시와 오해와 폄훼를 우려해서다. 혹은 심계만으로도 능히 구대마존의 수위를 차지했던 그가 기왕에 표방하고 있던 바의 자부에 조금의 흠결이라도 만들고 싶지 않았던 오만이었는지도 모를 일이다.

이후 시간이 흘러 심마존이 죽자 괴마존 또한 죽음에 이른다. 아니, 괴마존의 생체 활동은 멈추었으나 완전한 죽음은 아니다. 불괴의 신체와 불사의 생명력 그리고 절대의 내공을 가진 채 무의식의 상태로 죽음과도 같은 긴 잠에 빠진 것이다. 그러한 사실은 심마존의 직계 장손에게만 전해졌고, 괴마존의 유체 또한 대를 이어 유산처럼 전해졌다.

이후 긴 세월의 물결이 도도하게 흐르는 동안 심마존의 후대들 중 누구도 괴마존을 깨우지 못했다. 그것은 곧 심마존의 후대 중 누구도 괴마존을 깨울 만큼의 어심파의 경지에 도달하지 못했다는 것이리라! 그리고 어느 때부터 심마존과 괴마존에 관한 얘기는 그저 전설의 한 토막으로만 치부되었다.

전혀 다른 접근법

심마존의 시대로부터 수천 년의 세월 뒤 심마는 천고의 자질로 어심파를 대성한다. 그리고 국가 단위를 제외하고는 지구상 최강의 조직인 구마천의 대천주로서 세계를 암중에서 주무르는 절대의 권력을 구축한다.

그러나 심마는 만족하지 못한다. 구마천의 대천주로서가 아니라 심마존의 후예 심마로서 무공의 성취에 대한 아쉬움이다. 즉, 시조 심마존이 창안한 어심파를 대성했으나, 그 이상의 경지에 대한 갈구가 생긴 것이다.

어심파로는 누군가의 심령을 제압하는 절차를 거쳐야만, 다시 말해 결국 남의 손을 빌어야만 무언가를 이룰 수 있다는 것! 그것만으로는 절대자로서의 원초적인 희열을 느낄 수가 없어서다. 모름지기 절대자란 어느 순간에는 스스로 파괴하고, 또한 스스로 새로운 창조를 이룰 수도 있어야 하는 것이니 말이다.

그는 결국 새로운 무공의 창조에 도전했고, 그 첫 단계는 어심파에 내공을 접목하는 시도로부터 시작됐다. 그러나 상승의 내공을 수련하는 것이 현실적으로 불가능하다는 한계는 굳이 다른 구대마존의 후예들이 이미 맞닥뜨렸고 좌절했던 예를 들 것도 없이 그에게도 마찬가지였다.

그렇다고 해서 독마나 화마 등이 독으로 혹은 현대 과학의 힘을 빌어서 내공을 대체하였듯이 심마 역시 그들과 같은 방법을 강구할 수는 없었다. 어심파는 사람의 심리와 나아가 심령적인 차원에 바탕을 두는 마음과 혼의 무공이다. 따라서 그것과 접목시켜 볼 수 있는 힘은 단순히 물리적인 것이 아니라 반드시 내공, 그것도 순수 정통의 내공이어야만 하는 것이다.

그런 한계와 사실들을 염두에 두고 그는 처음부터 전혀 다른 접근법을 택했다. 내공을 꼭 직접 수련을 통해서 얻어야 하는가? 꼭 그럴 필요는 없으리라! 차용할 수 있다면 그것도 무방하리라! 마침 그에게는 그런 쪽으로의 방편이 하나 있기도 했다. 그 방편은 그의 것이라기보다는 그의 가문에서 대대(代代)의 절대 비전(絶代 秘傳)으로 내려오는 것이다. 바로 괴마이자 괴마존이다.

생체적 합일

심마는 대성 경지의 어심파로 능히 괴마존을 깨울 수 있었다. 그러나 전설의 괴마존이 아닌 괴마존의 후예 괴마로 등장시키고 그것마저도 극비에 부친다.

사실은 괴마존 자체로도 엄청난 힘이자 최고의 무기로 활용할 수 있을 것이지만, 심마는 그렇게 하지 않았다. 전투 무기라면 구마천이 이미 보유하고 있는 무기체계들로도 충분하고, 괴마존을 깨운 목적이 애초부터 그의 무적 내공을 차용하여 자신의 것처럼 쓰기 위한 것이기 때문이다.

그러나 인간의 한계를 초월한 괴마존의 무지막지한 내공을 심마가 직접 받아들일 수는 없다. 아니, 심마 아니라 그 어떤 인간의 육신이라도 괴마존의 내공을 육신으로 직접 수용할 수는 없다. 상고 전설의 시대에도 괴마존 외에는 불가능했던 일을, 현세 인간의 나약한 신체 조건으로야 더욱이 가능한 일이 아닐 것이다.

심마가 화마에게 생체학적으로 진화한 형태의 타이탄 2호를 개발하도록 한 것은 바로 그 때문이다. 즉, 그의 육신의 한계를 극복하기 위한 방편인 것이다. 그리고 화마는 숱한 실패와 보완 과정을 거치며 마침내 괴마존의 내공을 가장 효과적이고 가장 안전한 방식으로 온전히 운용 가능한 천신갑 2호와 타이탄 2호를 완성시켜 냈다. 그리고 괴마를 타이탄 2호와 합체시켰다. 단순한 탑승이 아니라 아예 생체적으로 합일을 시킨 것이다.

천극어심파(天極御心破)

그런데 괴마존과 타이탄 2호 간의 생체적 연결이 완성되고 나자, 심마로서도 미처 예측하지 못했던 놀라운 일이 한 가지 발생했다. 괴마존, 아니, 그에 의해 새롭게 탄생한 괴마가 다시 내공을 생성하고 축적시켜 나가기 시작한 것이다.

본래 괴마존의 내공은 그야말로 극한에 달해서 더는 단 한 걸음도 더 나아갈 데가 없는 상태였다. 아무리 불사불괴의 경지에 달했다고 하지만, 결국은 인간일진대 인간의 육신이 담을 수 있는 내공에는 한계가 있을 수밖에 없는 탓이다. 그런

데 타이탄과의 생체적 연결을 통해 괴마는 새로운 내공의 저장 창고를 얻은 셈이다. 그것도 그 용량을 다 짐작조차 하기 어려운 거대한 저장 창고를! 그러자 무의식 상태에서 본능처럼 다시 내공 수련을 시작한 것이다.

그리고 괴마의 내공 수련 방식은 심마를 다시 한번 놀라게 만들었다. 괴마 자신의 내부에서 끊임없이 내력을 충돌시키고 그 충돌의 여파를 새로운 내력으로 축적시키는 방식인데, 괴마의 불괴신체가 아니라면 결코 가능하지 않은 극단의 방식이다.

그리하여 괴마의 내공은 다시 급속도로 커지고 있는데, 가히 거대한 내공 생산 공장이자 저장고이자 그 자체로 무한대의 내공 덩어리라고 하겠다. 그런 데 대해서는 심마로서도 그 끝이 어디일지, 또 그 끝에서 어떤 일이 벌어질지 도무지 예측할 수가 없는 형편이다. 다만 지극한 흥미와 호기심, 그리고 일말의 두려움으로 지켜보는 수밖에 없을 터다.

괴마와 일체가 된 타이탄 2호에 탑승하는 것으로 심마는 무한대의 내공을 자유롭게 쓸 수 있다. 그리하여 그는 마침내 그가 갈구하던 새로운 무공의 창조에 성공하였다. 바로 천극어심파(天極御心破)다.

그것은 새로운 창조라고 할 수도 있겠고, 어쩌면 심마존도 한 번쯤 꿈은 꿔봤을 법하다는 점에서는 어심파의 궁극이라고 하겠다. 그러나 초월이다. 어심파가 정해진 개별의 목표에 대해서만 작용한다면, 천극어심파는 괴마와 타이탄의 내공과 에너지가 미치는 넓은 지역에 존재하는 모든 생명을 일시에 무기력하게 만들거나 아예 말살시킬 수도 있다.

그는 마침내 무적의 신위에 오른 것이다. 고금의 그 누구도 근접할 수 없었던 정점의 위치! 스스로의 능력으로 세상의 모든 것을 파괴하고 또 새로운 창조를 이룰 수 있는, 그 원초적인 희열을 누릴 수 있는 무적의 절대자!

유희를 시작할 때

심마는 담담한 미소를 떠올린다.

많은 걸 잃었지만, 준비한 것은 아직도 차고 넘칠 만큼 충분하다. 지나치다 싶을 정도로 막대한 물자를 한국으로 반입했다.

가상의 총력전에 대비한 점검 훈련이라는 명분이었고, 구마천이 한꺼번에 동원할 수 있는 최대치의 전력을 동원해 보는 과정에서의 문제점과 보완점들을 점검해 본다는 차원에서였다. 사실은 그의 충동적 발상에 의한 것이었지만!

독마에 이어 오늘 화마의 죽음 역시도 그에게는 충격이라기보다는 차라리 충동을 더할 뿐이다. 그리하여 충동은 이제 도저히 뿌리칠 수 없는 지경에 이르렀다. 그가 절대의 경지에 달해서도 결국 버리지 못한 그 한 가닥의 번뇌를 마침내 폭발시키는 것이기도 하다.

이제는 시작해야 할 때다. 그가 직접 이곳까지 와 있는 이유! 그로서는 꽤나 오랫동안 고대해 온 유희! 이제는 그것을 시작할 때다.

천망(天網)

지하 요새를 중심으로 구마천의 힘이 다시 움직이고 있다. 그 엄청난 힘은 빠르게 무언가를 구축하고 있다.

천망(天網)이다. 천라지망(天羅地網)의 천망! 그 어떤 강력한 힘이나 교묘한 수단으로도 벗어날 수 없는 하늘과 땅의 그물!

그것은 하나의 거대한 진법이다. 고대 심마존의 진법을 심마가 현대 과학과 그가 가진 모든 역량을 집대성하여 재탄생시킨 위대한 결과물이다. 더욱 강력하고 완벽하게!

심마존의 진법이 당대의 절대자들인 구대마존을 축으로 하였다면, 심마의 천망은 거대한 에너지의 망으로 구성된다. 그 중심축에 타이탄이 자리함으로써 천망은 비로소 발동되는데, 일단 진이 발동하고 나면 진의 내부에는 측량할 수조차 없는 어마어마한 압력과 파괴력이 작용하게 된다. 그 어떤 강력한 존재도 그 안에서 견딜 수도 빠져나갈 수도 없다. 결코! 설령 신이라고 해도!

물론 심마는 천망을 쓸 일까지는 없을 것이라 믿는다. 상대가 예의 그 절대초인의 후예라고 하더라도, 아니, 시조 심마존마저 경외심을 표했던 상고시대의 절대초인 그 장본인이라고 할지라도, 그는 그 본신의 능력으로 상대할 것이다. 그리고 능히 상대를 압도할 수 있다고 자신한다.

그럼에도 천망을 준비해 두는 것은, 다만 완전무결을 추구하는 그의 성격 탓이라고 하겠다. 그렇다. 다만 대비다. 최선을 다하는 것이다. 그의 모든 것을 다하는 성의를 보이는 것이다. 그가 유희를 즐기는 것은 이번이 처음이자 마지막이 될 것이다. 다시는 이런 비합리적이며 비논리적이며 유치하기까지 한 충동에 매몰되는 일은 없으리라! 그럼으로써 그는 이 단 한 번의 유희에 그가 준비해 온 모든 것들을 온전히 다 쏟아부으려는 것이다. 그 스스로의 만족과 또 이 한판의 유희가 주는 쾌락이 극에 달하도록!

천망의 구축은 그다지 거창하지 않다. 건축이라기보다는 그저 하나의 특수한 공간이 들어설 자리를 확보하고, 유닛 단위로 준비된 전용 장치들을 조립하고 구축하면 된다. 로봇 군단을 대거 투입하였으니 시간이 오래 걸리지도 않는다. 화마가 죽었어도 그의 유산들을 통제하는 데는 아무런 문제가 없다. 화마의 능력을 그도 거의 고스란히 발휘할 수 있는 때문이다.

타이탄 2호

김강한은 또 하나의 거대 로봇과 마주하고 있다. 화마가 말한 타이탄 2호라는 것일 터다. 1호에 비해 몇 단계 더 진화한 최종의 완성형이며 이 지구상의 그 무엇으로도 감당할 수 없는 절대 무적의 위력을 선보일 것이라던 바로 그것!

그러나 지금 김강한이 주의를 집중하고 있는 것은 타이탄 안에 탑승하고 있을 심마일 뿐이다. 그는 곧바로 외단을 발동한다. 이미 화마의 타이탄을 이미 상대해 본바, 극강의 검강으로도 겨우 그 동체의 일부를 베어내는 데 그쳤을 뿐이다. 그가 화마의 타이탄을 부순 것은 결국 외단으로다. 외단의 미세 가닥이 타이탄 동체의 베어진 틈새로 파고들어 그 내부로부터 파괴를 시킨 것이다.

물론 이제는 백팔아검도 부서지고 없는 마당에 그때처럼 타이탄 동체의 일부라도 베어낼 방도는 딱히 없는 형편이다. 그러나 어딘가에는 미세한 틈이 있을 것이다. 타이탄의 거대한 동체 전체를 완전한 일체형으로 만들 수는 없었을 것이니 말이다. 그리하여 외단으로 타이탄의 동체 전체를 감싸고 틈새를 탐색하고, 미세한 틈새라도 발견이 된다면 외단의 가닥이 능히 파고들어 그 내부를 휘저어 버릴 수 있을 것이다.

정신적 무기력

쿠쿠쿠~쿵!

타이탄이 육중한 움직임이지만 놀라운 속도로 달려오고 있다. 그런 타이탄의 손에는 어느 틈에 거대한 광선 검이 눈부신 빛을 뿜어내고 있다.

그런데 그때다. 김강한은 갑자기 얼어붙은 듯이 그대로 굳어버리고 만다. 타이탄이 질주해 오는 것을 빤히 보면서도 꼼짝도 하지 못하고 있다. 마치 무언가가 그의 의지와 정신을 꽁꽁 묶어버린 듯이 속수무책이다. 타이탄의 광선 검이 크게 사선을 그리며 그를 베어든다.

서~걱!

외단의 막이 성큼 베여 나간다. 거대한 충격파와 함께 섬뜩한 위기감이 그의 전신을 치달린다. 그러나 그는 여전히 아무것도 할 수 없다. 갑작스러운 무기력이다. 그러나 신체적인 무기력이 아니라 정신적인 무기력이라는 데서, 예전 독마의 천멸에 당했을 때와는 다르다.

상황에 대한 인식과 인지는 정상적이다. 다만 무엇을 하고자 하는 의지 자체를 일으켜 내지 못할 뿐이다.

금강불괴라고 해도

[타이탄의 광선 검으로도 벨 수 없다니! 조태강! 너는 진정 금강불괴를 이루었단 말이냐?]

김강한의 머릿속에 새겨지듯이 전해지는 말이다. 아니, 그것은 마치 마음의 속삭임? 혹은 영혼의 울림 같은 것이다.

심마다. 심마가 그에게 보내는 메시지다.

그러나 김강한은 대답조차 할 처지가 아니다.

[흐흐흐!]

나직한 웃음소리가 있더니 심마의 메시지가 이어진다.

[그러나 설령 금강불괴라고 해도 천극어심파에는 무용지물일 뿐이다. 보아라! 너는 지금 그저 제법 단단한 껍데기를 두르고 있는 것일 뿐! 막상은 아무것도 못 하고 있지 않느냐? 너는 결코 나를 당할 수 없다.]

의지는 일으켜 내지 못할지라도

서~걱!

외단의 막이 다시금 크게 베어 나간다.

그러나 강력하기 이를 데 없는 타이탄의 광선 검으로도 외단 층층의 막을 일거에 다 베어내지는 못한다. 나아가 외단은 즉각

적이고도 유기적으로 반응하며 방어막을 최고도로 강화시킨다.

외단의 그런 반응은 김강한의 의지와는 전혀 무관하다. 다만 반사적이며 독자적인 것이다.

김강한은 차라리 이 싸움에서 벗어난다. 스스로의 의지 자체를 일으켜 내지 못하는 그는 어차피 싸움의 주체가 되지 못한다. 지금의 형편에선 외단과 타이탄의 싸움이다.

대신 그는 스스로의 생각에 매달린다. 의지는 일으켜 내지 못할지라도 생각은 할 수 있다.

그는 집중한다. 그나마 할 수 있는 그것에!

진정한 금강불괴

김강한은 지금과 비슷하게 의지와 정신이 꽁꽁 묶여 속수무책이 되었던 경험이 있다.

검마와 조우했을 때다. 그때 검마의 검극에서 발출되는 무형의 기세에 그는 층층의 겹으로 쳐진 외단의 방어막에도 불구하고 속수무책으로 압도를 당했었다.

이후로 그는 검마보다 월등한 능력자들을 만났지만, 검마에게 당했던 것과 같은 기세의 압도는 다시 경험해 보지 못했다. 그런 점에서 돌이켜 보건대 검마는 내공이나 검공보다는 오히려 검 자체를 매개로 한 정신의 공부에서 나름의 높은 경지에 도달했던 것이 분명하다.

그의 생각은 금강부동결로 그 집중의 중심을 옮겨 간다. 그 때 그가 검마의 무형 기세에서 벗어날 수 있었던 힘은 금강부동결로부터 나왔었다.

[금강불괴지신을 근원으로 무한히 확장한 외단은, 이윽고 그 어디에도 없고, 또한 그 어디에도 있는 무궁지경(無窮之境)에 이르게 된다. 이는 곧 금강부동(金剛不動)의 완성이니, 마음이 일어 행하지 못할 것이 없게 되는 궁극의 경지이다.]

그 두 문장 중에서 다시,

[그 어디에도 없고, 또한 그 어디에도 있는]

이라는 구절로부터 생겨난 무엇이 그를 검마의 무형 기세로부터 비롯된 억제와 압박으로부터 능히 벗어날 수 있도록 했었다.

다만 그때 그는 못내 아쉬웠었다. 그 '무엇'에 대해서다. 그것은 처음에 사뭇 분명하여 손에 잡힐 듯이 하던 것이었는데, 찰나의 순간에 연기처럼 홀연히 스러지며 까마득히 망각되어 버렸었다.

그런데 이제 그때와 비슷한 처지를 당해서 다시금 곰곰이 생각해 보건대, 여전히 어렴풋하고 아스라하긴 하지만 무언가 손에 잡힐 듯이 가까이 다가오는 것이 있다.

[금강불괴란 육신의 금강불괴만을 의미함이 아니다. 금강불괴의 육신에 다시 무너지지 않는 정신이 더해질 때에야 비로소 진정한 금강불괴라고 할 것이다. 또한 그럴 때에야 이윽고 무궁과 궁극의 길로 나아갈 수 있음이다.]

무너뜨리고야 말리라!

타이탄의 광선 검이 일도양단의 맹렬한 기세를 담고 곧장 아래로 떨어지며 조태강의 정수리를 쪼개간다.

서~걱!

베어지는 느낌이 선명하다. 그러나 이내 검은,

기이이~잉!

껄끄러운 소음을 토해내며 옆으로 미끄러져 나가고 만다. 비슷한 상황이 계속해서 반복되고 있는 중이다.

괴마의 내공과 타이탄의 동력은 이미 최고 레벨로 운용되고 있는 중이다. 더욱이 천극어심파에 완전히 제압당한 조태강은 무방비 상태다. 그러나 심마는 여전히 그를 베지 못할뿐더러 가벼운 상처조차 내지 못하고 있다. 조태강의 육신을 둘러싸고 있는 무형의 방호 막 때문이다.

심마로서도 도무지 납득이 되지 않는 바다. 조태강이 정말로 금강불괴를 이루었다고 해도 그러한 무형의 방호 막은 금강불괴의 공능과는 별개다. 즉, 내공의 어떤 작용일 것인데, 그러나 천극어심파에 제압을 당한 이상 제아무리 극에 달한 내공을 지니고 있더라도 내공 자체를 운용할 수 없어야 마땅하지 않은가?

'금강불괴지체에 내가 알지 못하는 또 다른 공능이라도 있다는 말인가?'

그런 의혹을 가져보면서 심마는 문득 극렬한 분노를 느낀다. 그도 금강불괴를 구현하고자 했었다. 그리고 직접 그의 신체로는 아니더라도 화마의 타이탄을 통해 능히 그것을 이루었다고 자부했다. 그런데 사실은 금강불괴란 것이 그가 생각했던 그 이상의 어떤 경지이고, 조태강이 능히 그 경지까지를 성취했다는 것이 아닌가?

'결코 인정할 수 없다. 아니, 그것이 인정할 수밖에 없는 사실이라고 할지라도, 무너뜨리고야 말리라! 아무리 금강불괴라고 해도 더욱 강한 힘 앞에서는 무너져야 하는 것이 순리일 터! 내가 그렇게 만들 것이다. 금강불괴를 무너뜨림으로써 결국은 내가 그 위에 있음을 증명해 보이리라!'

그의 분노가 정점을 향해 치닫는다.

변화

심마는 문득 변화를 감지한다. 미묘한 상황의 변화다.

조태강의 육신을 둘러싸고 있는 예의 그 무형의 방호 막! 천극어심파에 제압을 당해 속수무책인 상태에서도 능히 조태강을 지켜내고 있는, 그래서 그가 미처 알지 못하던 금강불괴지체의 또 다른 공능일 것이라고까지 짐작했던 그것이 차츰 그 범위를 확장시키고 있다. 그럼으로써 타이탄의 광선 검을 점점 더 멀리로 밀어내며 주변 공간을 점유해 가기 시작하고 있다.

그런 중에 심마는 다시 경악하고 만다. 무형의 방호 막 속에서 석상처럼 굳어 있던 조태강이 움직임을 보이고 있다. 느리고 조금씩이지만 뚜렷하게!

그것은 그의 의지가 다시 발동하고 있음을 말하는 것일 터다. 천극어심파의 제압에서 벗어나고 있음을 뜻하는 것이리라.

이건 불가능한 일이다. 그러나 그 불가능이 그의 눈앞에서 지금 일어나고 있다.

잠시 일탈의 유희를 즐겼을 뿐

심마는 급기야 당황을 느낀다.

당황! 그가 이전에는 미처 가져보지 못했던 낯선 감정이다.

그러나 이내 그는 시리도록 차가운 냉철로 돌아간다. 가장 그다운 본연의 모습이라고 하겠다.

조태강의 능력은 그가 예상했던 이상이다. 기대했던 것보다도 더 이상이다. 그야말로 극강이다. 어쩌면 정말로 그를 능가할지도 모른다는 위기감마저 든다. 아니, 이미 인정할 수밖에 없다. 단순히 육신의 능력과, 나아가 무공의 능력에서는 그를 능가하는 수준에 올라서 있음이 분명하다.

그렇다면 그 역시도 최선을 다해야만 한다. 그 본연의 능력을 최대한 경주해야만 하리라!

가치 있는 패배나 실패는 없다. 그것은 패배자나 실패자의 변명일 뿐이다. 오로지 승리! 승리만이 최선이자 최고의 가치이다. 그리고 승리만이 진정한 능력이다.

잠시 일탈의 유희를 즐겼을 뿐이다. 이제야말로 본래의 그로 돌아가야 할 때다. 그가 가진 모든 능력과 역량을 다해 적을 무너뜨릴 때다.

이제 그것을 쓸 때다

심마의 자부는 아직 깨어지지 않았다.

그는 본래 승부를 탐하여 위험을 감수하고라도 일순간에

스스로의 모든 것을 다 거는 투사는 아니다.

모든 경우에 대해 철저히 준비하고 대비함으로써 완전무결을 추구하는 성격이다. 그런 것이야말로 그의 진정한 능력이다.

그의 진정한 능력은 아직 발휘되지 않았다.

천망(天網)이 준비되어 있다. 그가 가진 모든 역량을 집대성하여 재탄생시킨 위대한 결과물!

이제 그것을 쓸 때다.

찰나의 완전한 공백

타이탄이 중심축에 자리 잡는 것으로 거대한 진법이 마침내 발동한다. 천망이다.

쿠쿠쿠쿠~쿵!

고도로 응축되어 있던 미지의 힘들이 일시에 폭발하며 진의 내부에는 무한대의 융합 에너지장이 형성된다. 측량할 수조차 없는 초극의 압력과 파괴력이 김강한을 짓쳐든다. 즉각 외단이 반응하며,

쩌어어~엉!

마치 거대한 얼음덩어리에 균열이 가는 듯한 굉음이 생겨난다. 그러나 외단은 곧장 압도당하고 만다. 압도적으로 거대하고 압도적으로 강력한 힘에 갇히고 만다.

심마가 천망을 가속시키자 무한대의 융합 에너지장이 다시금 거대한 연쇄 폭발을 일으킨다.

쿠오오오~오!

천망의 내부는 이윽고 절대의 공간으로 화한다. 그 어떤 것도 그 어떤 강력한 존재도 버텨내지 못할 절대력(絶對力)이 지배하는 공간! 그 안에서는 설령 신이라고 해도 버티지 못한다. 하물며 한 인간임에야!

김강한의 외단은 마침내 한계에 이른다. 그리고 그것 스스로 근원을 지키기 위한 최후의 선택을 한다. 금강부동공의 자발적 최후 선택! 폭발이다.

버번~쩍!

차라리 소리조차 없는 섬광의 폭발이 있고, 이어 미증유의 거력이 생겨난다. 그리고 다시 한순간 모든 종류의 힘들은 소멸되고 만다.

무(無)! 찰나의 완전한 공백이다.

제10부. 궁극(窮極)
제1장
금강불괴의 유체

전혀 다른 상황

김강한은 문득 정신을 차린다. 그리고 반사적으로 움츠리며 주변을 살핀다.

그런데 없다. 그를 짓누르는 어떤 힘도 없다. 심마도 없고 타이탄도 없다. 심지어 그가 지금 있는 곳은 지하 요새도 아닌 것 같다.

그의 마지막 기억은 심마가 만든 거대하고도 압도적인 에너지장의 공간에 갇혔고, 마침내 한계에 이른 외단이 폭발하면서 미증유의 거력에 휩싸인 것까지다.

그러고는 의식을 잃어버렸던 모양이다. 그런데 그는 지금 그 마지막 기억과는 전혀 다른 상황에 놓여 있는 것 같다.

이게 도대체

무언가 낯설고 어색하고 이상하다.

우선은 마치 다른 사람의 옷을 입고 있는 것 같다. 아니다. 아예 그의 몸이 아닌 마치 남의 몸인 것만 같다. 감각도 없고 몸을 움직이고자 해도 몸이 꼼짝도 하지 않는다.

그런데 정말이다. 진짜로 남의 몸이다. 게다가 이건……? 차갑다. 그 몸에선 일말의 온기도 느껴지지 않는다.

'설마……?'

설마가 아니다. 정말이다. 죽은 사람이다. 차가운 시체! 그는 지금 시체와 함께 있다. 아니, 시체 그 자체다.

'이게 도대체……?

도대체 어떻게 된 노릇인가? 그는 살아 있다. 시체일지라도 의식이 이토록 명료한데 죽은 것일 수는 없다.

혹시 빙의 같은 것일까? 그의 영혼이 죽은 지 얼마 되지 않은 남의 시체로 들어와 있는 것일까? 왜? 어떻게?

모르겠다. 어쨌든 기억도 상황 인식도 분명하다. 그럼으로써 이건 결코 꿈이 아니다. 분명한 현실이다.

시체의 것이 아닌 그의 것

'이 시체(?)를 되살릴 수는 없을까?'

김강한의 생각이 이윽고는 그런 데까지로 이른다.

아무리 궁리해 봐도 그가 사는 방법은 그것밖에 없는 까닭이다. 빙의를 했던 또 다른 어떤 이해할 수 없는 초자연적인 상황이던, 그의 의식이 죽은 시체에 들어와 있는 이상에는!

그런데 아주 불가능한 억지의 바람인 것 같지는 않다.

내공! 또한 어떻게 된 노릇인지는 모르지만 아주 약간의 내공이 있기 때문이다.

시체의 것이 아닌 그의 것인 내공이다. 그의 의지로 움직일 수 있는!

다른 존재

'아아! 된다! 살아난다!'

그 아주 약간의 내력을 돌리자 시체가 살아나고 있다. 피가 돌고 살과 근육이 살아나고 장기와 폐부가 살아나고 감각이 살아난다.

다만 시체의 의식은 살아나지 않는다.

다행이다. 시체의 원래 주인에게는 미안하지만!

'어… 엇?'

그런데 다시 무언가 있다. 그 외에 다른 존재가 있다.

설마 이 육신의 원래 주인의 의식마저 기어코 되살아난 것일까?

소스라치도록 섬뜩하다.

바로 그녀다

[악!]

소스라치는 비명이 토해진다. 그가 아니다. 예의 그 다른 존재가 내지른 것이다.

'가만……?'

그런데 문득 익숙하다. 그러더니 이내 확연해진다. 그 비명의 주인이 누구인지!

'진소벽……?'

그렇다. 바로 그녀다. 그가 진초희를 처음 만나 합일을 이루었을 때 꿈속에 나타난 여인! 자신이 이십 수년간이나 절치부심한 노력의 결과물인 반 갑자의 내공이 담긴 외단과 이제 막 발아된 상태의 내단이 그에게로 넘어갔다고 말하던 여인!

그도 이제는 안다. 금강부동결이 그녀로부터 비롯된 것이며, 또한 그동안 그로서는 전혀 알지 못했던 이해와 깨달음들이 문득문득 생겨난 것도 그녀로부터 비롯된 것임을! 또한 그녀야말로 구대마존과 동시대의 인물로 구대마존의 합공을 능히 홀로 대적해 낸 바로 그 절대초인임을!

그리고 보면 아주 이상한 것도 아니다. 그가 지금의 도무지 이해할 수 없는 상황에 처해 있지만, 어쨌든 그가 있는 이곳에 그녀가 함께 있는 것이!

그때 그녀가 스스로 말하기를 자신은 이제 독립된 존재로서의 의지를 잃고, 그의 무의식 속으로 깊숙이 침잠하게 될 것이라고 했으니 말이다.

당장 내 몸에서 나가!

[너! 당장 나가!]

[뭐? 나가긴 어딜 나가라고? 그리고 당신이 뭔데 나보고 나가라 마라야?]

[당장 내 몸에서 나가라고!]

[내 몸? 당신 몸이라고……? 이 시체가? 나, 참! 그건 또 뭔 헛소리야?]

김강한은 진소벽과—진소벽의 의지라고 해야 하나?— 몇 마디의 날 선 말을 주고받는 중이다. 그러나 한순간 그는 뜨악한 비명을 내지르지 않을 수 없다.

[으악! 이 시체가 당신 몸이라고?]

그가 진소벽의 몸. 즉, 여자의 몸에 들어와 있다는 것이 아닌가?

도저히 견디지 못할 노릇

김강한의 의지가 깨어났을 때 진소벽의 의지 또한 깨어났다. 그리고 그녀는 곧바로 알아챘다. 자신의 원래 세계로 돌아왔음을!

주변 대기에서 풍겨지는 익숙한 향기와 짙은 밀도! 아아! 도대체 얼마 만에 느껴보는 것들인가? 얼마나 그리웠던 것들인가? 그리고 이 편안함이라니! 바로 그녀의 육신, 그녀 본래의 육신이 주는 편안함이다. 비록 생기 없이 차가운 냉기를 풍기는 시신일지라도 그녀는 더없는 안락함을 느낀다. 이윽고 그녀만의 안식처로 돌아온 것이다.

그런데 그녀만이 아니다. 또 다른 자아가 들어와 있다. 더욱이 사내라니! 그녀의 육신에 사내라니! 생각만으로도 소름 끼치는 일이다.

백 년을 넘게 살면서도 지고지순의 순결지신을 유지했던

육신이다. 그런데 사내의 자아가 자신의 몸 안에 들어와 있다는 것은 도저히 용납 못 할 일이다. 아니, 용납하고 말고 하는 문제 이전에 도저히 견디지 못할 노릇이다.

질 수밖에 없는 상황

한 육신에 두 자아!

참으로 기이하고 희한한 일이다.

하나뿐인 육신의 주도권을 차지하기 위한 치열한 다툼이 벌어진다. 진소벽은 사활을 걸고 모든 의지를 다해 싸움에 나선다.

그러나 그녀는 이내 포기할 수밖에 없다.

육신이 원래 그녀의 것이었다고 할지라도, 그녀는 결국 김강한의 의지에게 질 수밖에 없는 상황이다. 애초에 사활을 걸 처지가 못 되는 것이다.

이전의 세계에서 그녀는 그에게 귀속이 되어 있었는데 그런 귀속이 지금 그녀의 원래 세계로 돌아오고 그녀의 본래 육신에 들어와서도 마찬가지인 까닭이다.

그리하여 그녀의 의지는 여전히 그의 의지의 일부인 때문이다.

몇천 년 전의 세계

[이게 어떻게 된 거야?]

모든 것을 체념한 진소벽에게 김강한이 짐짓 무덤덤하게 묻는다. 진소벽이 무겁게 한숨을 뱉는 느낌이고 나서 그래도 차분하게 대답한다.

[나로서도 설명할 수 없는 일이다. 다만 예전 내가 너의 세계로 영(靈)이 이동되었을 때와 비슷한 어떤 상황이 다시 벌어졌는데, 이번에는 그때와는 반대로 우리 둘의 영이 원래 내가 있던 세계로 넘어온 것 같다.]

김강한으로서야 무슨 말인지 이해도 납득도 되지 않는다. 그러나 진소벽이 스스로도 설명할 수 없는 일이라는데 더 물어서 나올 대답은 없을 터다.

어쨌든 대강 정리해 보건대, 그는 아마도 영화나 소설에서나 나올 법한 차원 이동이나 시공간의 왜곡 같은 개념으로 이 낯설고 이상한 세계로 넘어와 버린 것 같다.

진소벽이 자신이 있던 원래의 세계라고 하니, 아마도 까마득한 몇천 년 전의 세계로 말이다.

나 몰라?

[당신은 누구입니까?]

누군가 문득 질문을 던지고 있다. 그런데 김강한도 진소벽도 아니다. 또 다른 존재다. 그도 그녀도 미처 인지하거나 예상하지 못했던!

[그러는 그쪽은 누군데?]

이미 죽은 육신의 주인 자리를 놓고 진소벽과 한바탕의 주도권 다툼을 막 치러낸 터라, 김강한이 놀랍기보다는 차라리 의아한 심정으로 반문한다. 그러나 대답을 기다릴 것도 없이 그는 곧바로 알겠다. 상대가 누군지!

능이! 능이다. 능이가 이곳에 있다. 보이지는 않지만, 그의 주변에 있다는 것이 느껴진다. 반갑다. 그리고 안도감이 든다. 능이의 능력이라면 지금의 이 상황에 대해 많은 부분들을 해명해 줄 수 있지 않을까?

[능이! 이게 도대체 어떻게 된 일인지 설명 좀 해봐!]

그런데 능이는 뜻밖의 반응이다.

[당신의 질문에 대답할 수 없습니다.]

그러더니 다시 묻는다.

[당신은 누굽니까?]

이건 또 대체 무슨 상황인지 김강한이 차라리 당황스럽다.

[나야, 나! 나 몰라?]

그러나 돌아오는 능이의 대답은 똑같다.

[당신은 누굽니까?]

똑같은 질문뿐이다. 김강한이 그제야 확연해진다. 능이는 그를 인식하지 못하고 있는 것이다.

괜히 퍼스트 룰이겠는가?

김강한이 짐작할 수 있을 것도 같다. 퍼스트 룰이란 것 때문이리라! 어떤 것의 탄생 순간에 최초로 인식이 되어서, 그것이 소멸될 때까지 그 어떤 경우에도 그 어떤 수단으로도 결코 훼손시킬 수 없는 절대 불변의 룰!

최유한 박사가 말하기를 능이의 퍼스트 룰은 김강한의 명령에 절대복종하는 것이라고 했다. 그런데 능이가 최초에 김강한을 인식한 것은 그의 살갗 표피를 이용한 유전자분석과 체온과 맥박 패턴 등에 대한 분석 그리고 그의 목소리를 통해서다.

그런데 지금의 김강한은 그때의 김강한이 아닌 것이다. 생체적으로 전혀 다른 육신에 들어와 있으니 능이는 당연히 그를 김강한으로 인식하지 못하는 것이다. 그러니 그를 주인으로 인정하지 않고 명령에 대해 거부하는 것은 당연하다.

김강한은 능이에게 자신을 인정시키기 위해 이런저런 설명과 해명 그리고 지금까지 함께했던 여러 가지 상황들을 제시해 본다. 그러나 아무 소용이 없다. 하긴 퍼스트 룰이 괜히 퍼스트 룰이겠는가?

야! 그게 벌써 언젠데?

김강한이 이윽고는 포기하고 만다. 어차피 그 스스로도 도무지 이해가 되지 않는 상황인데 능이가 아무리 진화된 최첨단의 인공지능이라고 해도 이런 말도 되지 않는 상황에서야 뭘 어쩌겠는가? 그런 생각에서는 설핏 심통도 생긴다.

[최첨단의 인공지능은 개뿔! 그 정도로 설명했으면 최첨단 아니라 집에서 키우는 개도 알아들었겠다. 관둬라! 능이라는 이름이 아깝다. 그 이름을 지어준 사람으로서!]

그런데 그때다.

[능이라는 이름을 지을 때의 전후 상황을 정확하게 복기해 보십시오.!]

능이가 문득 의사를 전달해 온다.

[응? 전후 상황을 복기해 보라니? 무슨 얘기야?]

[이를테면 그때 당시 함께 있었던 주변인과 나누었던 대화를 포함해서 모든 것에 대해서입니다.]

[뭐야? 그래서 내가 제대로 복기를 하면 인정을 해주겠다고?]

[정확해야 합니다.!]

[정확해야 한다고? 야! 그게 벌써 언젠데? 어떻게 정확하게 기억을 하냐?]

능이는 대답이 없다. 마치 이것이 자신이 제시할 수 있는 마지막의 기회라고 무언의 단호함을 보이는 듯하다.

김강한은 가만히 기억을 되살려 본다. 그러고는 문득 최선을 다하는 심정으로 된다. 능이에 대해 뭘 기대해서라기보다는 그에게 소중한 것을 되찾겠다는 마음이다. 능이 말이다.

능이가 비록 사람은 아니지만, 그간 사람 이상으로 정이 들었다. 더욱이 이제 이 이상한 세계에 떨어지고 나서는 그와 진소벽 그리고 능이, 이렇게 셋밖에 없다. 그러니 그 소중함은 말로서는 다 표현 못 할 정도라고 하겠다.

복기

김강한은 최선을 다해 기억을 되짚는다. 능이를 선물 받고, 능이에게 퍼스트 룰을 각인시키고, 또 능이라는 이름을 지을 때 그가 최유한 박사와 나눴던 대화에 대해서다.

정확해야 한다. 한 글자도 틀리지 않기 위해 그때의 대화를 글로 옮기듯이 한 글자 한 글자 온 의지를 다해 짜낸다.

[선물로 주시니 감사히 받기는 하겠습니다만, 이거 참…….]

[잠깐만, 대표님!]

[아까 퍼스트 룰에 대해 말씀드렸는데, 이제 그 아이템에다 그것을 인식시키기 위해 거쳐야 하는 과정이 좀 있습니다.]

[왼손을 줘보시겠습니까?]

[대표님의 살갗 표피를 이용한 유전자분석과, 체온과 맥박 패턴 등에 대한 분석이 완료되었습니다.]

[마지막으로 대표님의 음성분석을 할 겸, 아이템의 이름을 명명해 주시죠?]

[이름이요?]

[인공지능이라니까, 음……! 능이라고 하죠! 가능하다의 능 자(能 字)를 따서 능이!]

[이제 다 됐습니다. 지금 이 순간부터 이 아이템, 능이는 완전하게 대표님의 것입니다. 그리하여 오로지 대표님의 명령에만 절대복종합니다.]

[그럼 이제부터는 박사님도 얘를 다루지 못한다는 겁니까?]

[그렇습니다. 이제부터는 대표님을 제외한 그 누구도, 그 어떤 방법으로도 능이를 다루거나 쓸 수 없습니다. 절대로!]

[그건 좀 마음에 드네!]

한시적 승인

[당신은 퍼스트 룰로 승인된 존재와 생체적으로는 부합하지

않습니다. 다만 단기 구간의 기억 일치와, 더하여 다음의 세 가지 중요 항목에서는 그 부합을 인정합니다. 즉, 첫 번째! 능이의 양자 회로 기반 에너지장이 당신의 의지와 연동되고 있다는 점! 두 번째! 현재의 이 인체에 잠재된 생체 에너지의 특성이 능이의 양자 회로 기반 에너지장과 99.9% 이상의 일치성을 보인다는 점! 세 번째! 당신의 사고 체계(思考 體系)와 로직이 퍼스트 룰로 승인된 존재의 그것과 일치하는 점입니다. 능이는 이러한 판단을 근거로 당신을 승인합니다. 다만 이 승인은 한시적이며, 그 시효는 능이가 퍼스트 룰로 승인된 존재를 다시 만날 때까지입니다.]

능이의 결론에 대해 김강한으로서야 불만이 있을 것이 없다.

어쨌거나 일단은 그를 인정한다는 것이고, '한시적'이라는 꼬리표야 나중에 어떤 방법으로든 본래의 그로 되돌아가면 저절로 없어질 것이니 말이다.

[거, 되게 복잡하네! 오우~케이! 뭐 어쨌거나 일단은 내 말을 듣겠다는 거잖아?]

김강한이 짐짓 투덜거리는 투로 다시 한번 확인하자, 능이가 곧바로 대답을 낸다.

[그렇습니다.]

분석되는 내용이 없습니다

[그런데 능이! 나도 그렇지만, 넌 또 도대체 어떻게 여기까지 온 거야?]

김강한이 능이에게 묻는다.

진소벽이야 그의 의식에 귀속되어 있는 까닭에 그의 영이 시공간을 넘을 때도 함께 따라오게 되었다고 하겠지만, 능이는?

영적인 존재도 아닌 인공지능일 뿐인 그것은 또 어떻게 해서 여기까지 함께 오게 된 걸까 하는 의문이다.

나아가 현 상황에 대한 해명까지를 기대하는 심정이다. 그러나

[분석되는 내용이 없습니다.]

능이의 대답은 건조하리만치 간단하다. 저도 모르겠다는 것이리라!

그녀의 추정

'아마도 능이가 존재하고 있는 별개의 외단 때문이리라!'

김강한의 의문이기도 하고 능이로서도 어떤 분석을 내지 못하는 그 문제에 대한 진소벽의 추정은 그러하다.

즉, 능이의 그 별개의 외단—좀 더 정확히 말하자면 김강한이 능이를 위해 할애한 작은 캡슐 형태의 공간이자, 지금은 그것이 품고 있는 일단의 내력을 기반으로 해서 무형의 양자 회로를 구축하고 있는 능이의 본체 자체이기도 한 그것—은 결국 김강한과는 하나의 끈으로 연결이 되어 있는 셈이다. 그리하여 그 끈을 매개로 해서 능이 또한 김강한과 함께 이곳 세계까지 넘어오게 된 것이리라!

더하여 그녀의 유체(遺體)가 생전에 금강불괴를 이룬 터라 부패하거나 손상되지는 않았지만, 그래도 엄연히 죽은 사체(死體)인데 지금 피가 돌고 살과 근육이 살아나고 장기와 폐부가 살아나고 감각이 살아난 것도, 바로 능이가 존재하는 그 별개의 외단이 품고 있는 일단의 내력 덕분일 것이다.

그 내력이 비록 얼마 되지 않는 것이긴 하되, 그녀의 금강불괴의 유체 내부에 잠재하고 있는 심후한 본신 내력을 얼마간이라도 자극하여 그 같은 기적이 일어난 것이리라!

최종의 목적

[이제 어떻게 해야 하지? 뭐부터 해야 될까?]

김강한이 진소벽과 능이의 가운데다 툭 던져놓는 말이다.

지시는 아니다. 그냥 의견과 조언을 구하는 것이다. 하긴 어차피 그들 둘에 대한 그의 지배력이 절대적이긴 하다. 그리하여 결국 모든 것을 관장하는 것은 그의 의지일 수밖에 없기는 하다.

[최종의 목적을 어디에다 둘 건지부터 정하는 것이 순서가 아닐까?]

진소벽이 담담히 뜻을 표한다.

[최종의 목적? 그거야 당연히 돌아가는 거지! 우리가 있던 원래의 세상으로!]

김강한이 당연한 듯이 받고 나서는 곧바로 미안해진다. 진소벽에게는 이곳이야말로 그녀가 있던 원래의 세상인 것이다. 더욱이 그녀 자신의 원래 육신이고!

그러나 진소벽은 막상 담담하다. 그녀의 의지는 김강한의 의지에 완전히 귀속당한 상태다. 그녀가 완전한 자아로 돌아가는 건 불가능하다. 그리하여 지금 그녀가 있던 원래의 세상과 본래의 육신으로 돌아왔다고 해도 그게 그녀라고는 할 수 없을 것이다. 그렇다면 그녀의 의지가 어디에 있던, 어떤 세상에 있던, 누구의 육신에 있던, 그것이 무슨 의미가 있을 것인가?

금강불괴의 유체

[우리가 어떤 연유로 장구한 시공간을 뛰어넘어 이곳으로

오게 되었는지는 알 수 없더라도, 다만 그 과정에 아주 강력한 힘의 작용이 있었다는 점은 분명해 보인다. 예전 나의 경우에도 그랬고 이번의 경우 역시 마찬가지로! 어쩌면 그러한 강력한 힘이 시간의 차원 혹은 시공간을 비틀어놓았는지도 모를 일인데, 어쨌거나 우리가 다시 돌아가기 위해서는 역시 그런 정도에 준하는 강력한 힘이 필요하리라는 생각이다.]

진소벽의 의견이다.

물론 김강한으로서야 무슨 소린지 이해하기 쉽지 않은 소리다. 다만 그렇더라도 어쨌든 현재 처해 있는 이 이상한 상황에서 벗어나기 위해서는 당장 무슨 일이라도 해봐야만 하겠기에 그가 일단은 진소벽의 의견을 기정사실화시켜 놓고 나서 그다음의 고민에 집중한다.

[강력한 힘이 필요하다는 거지? 가만… 강력한 힘이라면……? 지금 이 몸이 원래의 당신 몸이라고 하지 않았어?]

김강한이 무슨 새로운 발견이라도 했다는 듯이 진소벽에게 묻고는 막상 대답을 들을 것도 없이 다시 말을 보탠다.

[그리고 당신은 이곳 세계에서 절대자였고, 누구도 도달해 보지 못했던 무의 궁극적 경지를 이루었으며. 동시대에 또 다른 절대자들인 구대마존 전부를 홀로 상대한 것으로 전무후무의 절대초인으로 경외와 추앙을 받았다는 거잖아?]

진소벽이 스스로는 말해준 바가 없는 내용이다. 그러나 김강한이 무시로 그녀의 기억과 경험의 일부를 공유하곤 했으니, 그런 중에 알게 되었으리라!

어쨌거나 거짓이나 허구는 아니니, 그녀가 굳이 반응하지 않는 것으로 수긍을 표한다.

[당신의 영이 떠나고 나서도 당신의 몸이, 그러니까 죽은 시체가 전혀 손상됨 없이 이렇게 원래대로 유지되고 있는 것도 당신이 이미 완전한 금강불괴를 이루었기 때문이겠지?]

또한 사실이니, 그녀는 여전히 침묵을 유지한다.

[그럼 당신의 내공은? 외단은? 내단은? 그것들도 당신의 이 육신에 그대로 남아 있을 거 아냐?]

김강한이 이윽고는 흥분을 드러내고야 만다.

악다물 이는 없을지라도!

[그대로 육신에 남아 있긴 한데 막상 그걸 활용하는 데는 녹록지 않은 문제가 있다.]

[문제? 무슨 문젠데?]

[내 육신이 금강불괴이긴 하나 영이 빠져나가고 생기가 사라지면서 외단과 모든 내력이 내단으로 응축되었는데, 그 응축의 단단함은 오히려 육신의 금강불괴를 능가하는 정도다. 즉, 내외단이 존재는 하되 그 공능은 발휘되지 못하니 화중지

병(畵中之餠)이나 마찬가지라고 하겠다.]

진소벽이 차분하게 내놓는 설명이다. 그런 데는 김강한의 흥분이 곧바로 식고 만다. 말이 어렵지만, 어쨌든 그녀의 내외단을 활용할 수 없다는 것이 아닌가?

[화중지병은 또 뭐야?]

김강한이 괜히 말꼬리라도 잡는 심정으로 될 때다.

[그림 속의 떡이라는 뜻으로 아무리 마음에 들어도 이용할 수 없거나 차지할 수 없음을 비유적으로 이르는 말입니다.]

능이다. 김강한의 화가 확 치밀고 만다. 누가 그딴 걸 알고 싶다고 했나 말이다. 그러나 그의 심정과는 무관하게 능이의 멘트가 이어진다.

[체크해 본 결과 현재 이 인체의 내부에는 특기할 만한 어떤 생체 에너지의 분포도 감지되지 않습니다.]

이를테면 진소벽의 설명에 대한 보충 겸 확인을 한다는 것이리라! 김강한이 기왕의 화에 더해 밉상스럽기까지 하다. 진소벽의 얘기만으로도 충분히 실망한 마당에 굳이 확인 사살까지를 하는 능이의 모양새가 말이다. 그러나 화는 화고 밉상은 밉상일 뿐, 그래도 미련이 남지 않을 수는 없어서 김강한이 애써 의욕을 보이며 다시 묻는다.

[모든 문제는 해결되라고 있는 거라잖아? 무슨 방법이 없을까?]

그 질문에는 진소벽이 짧게 대답한다.

[응축된 내단을 녹이면 될 터다.]

당연한 말이다. 무슨 방법이라고 할 것까지도 없는! 김강한이 다시 한번 '욱!' 하고 치미는 것을 겨우 참아내며 다시 묻는다.

[그러니까 어떻게 하면 내단을 녹일 수 있을까?]

악다문 잇소리다. 악다물 이는 없을지라도!

일단 그걸로 가자고!

[방법은 크게 두 가지다. 하나는 원칙적이고 정통적인 방법이고, 다른 하나는 변칙적인 방법이다.]

진소벽의 제시에 김강한이 곧장 채근한다.

[둘 다 말해봐!]

[우선 원칙적인 방법은 운기행공을 말함이다. 운기행공으로 새로운 내력을 생성시키고 키워서 그것으로 차츰 내단을 녹여가는 것이다. 다만…….]

[다만 뭐? 또 무슨 문제가 있다는 거겠지?]

[그렇다. 운기행공은 지금 당장 시작할 수 있지만, 내단을 녹일 만한 정도로 내공을 쌓는 데는 상당한 시간이 걸릴 것이다.]

[상당한 시간? 얼마나 걸린다는 건데?]

[그 일에만 매진한다고 해도 적어도 수십 년, 아무리 단축시킨다고 해도 10년은 넘게 소요될 것이다.]

[뭐? 10년? 지금 그걸 말이라고 해?]

[그나마도 이곳 세상의 대기 중 기(氣)의 밀도가 높은 점과 다른 보조 방법, 이를테면 영약이나 영물의 도움을 받는 등 가능한 모든 수단을 다 동원하는 경우를 상정하고서야 가능할 시간이다.]

[안 돼! 그래서는 절대로 안 돼!]

김강한이 단호할 정도로 강하게 거부를 표한다. 그에게는 시간이 없다. 다시 원래의 세상으로 돌아간다고 한들, 그곳에 있는 그의 소중한 존재들이 다 사라지고 없다면 돌아가는 것이 무슨 의미가 있을까? 그는 그런 세상에서는 살고 싶지 않다. 설령 지금 위험을 감수하더라도, 설령 실패하여 돌아가지 못한다고 할지라도, 그는 가장 빠른 방법을 선택하리라!

[두 번째 방법은 어때? 변칙적이라는 거, 그건 시간이 얼마나 걸려?]

김강한이 다시 묻는 데서는 사뭇 강압적인 느낌이 다분하다.

[잘만 진행된다면 시간을 획기적으로 줄일 수도……]

[획기적으로 얼마나? 얼마나 줄일 수 있어?]

진소벽의 말을 가로채며 다시 질문을 던지는 김강한에게서는 조급함을 숨기지 못하는 느낌이 다분하다.

[여러 가지 경우와 다양한 상황에 따른 변수와 제약이 워낙 많을 것이기에 얼마라고 단정할 수는…….]

이번에도 김강한이 진소벽의 말을 가로챈다.

[됐어! 이건 뭐 선택의 여지가 없잖아? 오케이! 그걸로 해! 변칙적인 방법! 뭐 변수와 제약이 생기면 그때그때 풀어가면 될 테고! 일단 그걸로 가자고!]

당장의 제약들

진소벽이 제시한 변칙의 방법은 외부에서 일정 이상의 자극과 충격을 가함으로써 내단을 빠르게 용해시켜 보자는 것이다. 그런 데에 가장 효과적인 것은 바로 강호 고수들의 내력에 의한 자극과 충격이다. 상대가 강자일수록 그 효과는 더욱 커질 것이고 시간은 단축될 것이다.

그러나 그녀가 변수와 제약이 워낙 많을 것이라고 미리 전제를 했거니와, 그들은 당장에 첫 번째의 난관에 봉착한다.

'강호의 고수들을 어떻게 만날 것인가?'

일단 고수를 만나야 부탁을 하든 싸움을 걸든 필요로 하는 자극과 충격을 받아볼 것이 아닌가?

그러나 강호천하는 무한히 넓다. 그런 터에 무작정 강호로 나간다고 해서 고수들을 쉽게 만날 수 있는 것도 아니다. 자칫 고수를 찾아 헤매다가 시간이 다 갈 판이다.

[차라리 여기로 불러들이자!]

김강한이 낸 생각이다. 물론 그런 생각은 당장에,

'어떻게? 찾기도 어려운 판에 어떻게 이곳까지 불러들이느냐?'

라는 또 다른 제약에 맞닥뜨리고 만다.

길이의 확장

김강한은 아스라하게 펼쳐지는 거대한 계곡의 장엄하기까지 한 풍경을 보고 있다. 지금 그가 있는 곳을 벗어난 외부의 풍경이다.

물론 그가 직접 움직인 것은 아니다. 그는, 그리고 진소벽의 육신은 여전히 원래의 자리에 그대로 있다.

능이다. 능이가 예의 그 별개의 외단을 확장시키고 있는 것이다. 다만 그것이 품고 있는 내력이라야 얼마 되지도 않으니, 범위의 확장 대신에 길이의 확장을 시도하였다. 내력을 지극히 가느다란 실의 형태로 길게 뽑아내는!

능이는 그 가느다란 실의 형태 끝에 자신의 실체인 무형의 양자 회로를 실어서 최대한 외부로 뻗어 나갔고, 그리하여 능이가 보는 광경이 지금 그대로 김강한과 진소벽에게도 전해지고 있는 것이다.

파악

최대한 길게 뽑아낸다고는 해도 내력의 제한이 뚜렷하니 능이가 그렇게 멀리까지 나가지는 못한다. 그저 가까운 주변까지일 뿐이다.

그래도 진소벽은 당장에 궁금하던 점에 대한 파악과, 다시 그것으로부터 일련의 추측을 해낸다.

만장애(萬丈崖)다. 말 그대로 깊이를 알 수 없는 무저(無低)의 벼랑이다. 바로 지금 그들이 있는 곳이다.

만장애는 예전 그녀가 구대마존과 경천동지의 일대 격돌을 벌였던 곳과 멀지 않다. 추측컨대 당시 그녀는 구대마존의 합공에 전력으로 맞부딪친 여파에 멀리 날아간 끝에 만장애 아래로 떨어진 것 같다. 물론 그 거대한 충격파로 그녀의 영은 시공간의 차원 너머로 휩쓸려 버렸고, 만장애로 떨어진 것은 그녀의 유체일 터다.

어쨌거나 그 무저의 절벽 아래로 끝없이 추락하던 그녀의 유체는 어느 순간 아래쪽에서 회오리바람처럼 치솟아 오르던 강력한 계곡 바람에 휩쓸렸고, 그런 후에 다시 우연하게도 절벽 중간에 뚫린 동굴로 튕겨져 들어간 것 같다.

아마도 구대마존은 그녀의 종적을 찾기 위해 격돌 현장의 주변은 물론 만장애 주변과 그 아래 지역까지도 샅샅이 수색했을 것이다. 그러나 그녀가 튕겨져 들어간 동굴이 까마득한 절벽의 중간쯤에 위치하여 수시로 운무에 휩싸여 있는 데다 절벽에 자생하는 넝쿨과 잡초 수풀로 은밀히 가려진 형태이니 그녀와 관련된 어떤 흔적도 찾지 못한 것이리라!

어쩌랴?

[능이! 거울 같은 것 좀 없을까?]

김강한의 말에 당장 허공중에 영상이 뜬다. 능이가 만든 임시 거울인 셈이다. 그리고 영상에 모습 하나가 비친다.

이십 대 중후반쯤의 연령대로 보이는 여인이다. 초승달같이 가늘게 휘어진 눈썹과 작은 입, 오뚝한 콧날, 부드러운 윤곽선이 사뭇 고아하고 고전적인 기품이 있다. 보기 드문 미인이다. 그러나 여인에게서는 한편으로 쉽게 범접하기 어려운 기이한 위엄이 풍긴다. 바로 그녀다. 김강한의 기억 속에 아직도 선명한 그때 꿈속의 여인, 진소벽!

그녀의 몸에 의탁하고 있다는 것이야 김강한이 이미 충분히 인지하고 있던 바이니 새삼 충격이 있을 것까지는 아니다. 다만 당장에 거슬리는 것은 옷차림이다. 여자 옷! 여자가 여자 옷을 입고 있는 것이니 당연하다고 하겠지만, 그러나 영 거북한 느낌은 어쩔 수가 없다.

그러나 어쩌랴? 그나마 치마를 입고 있지 않은 것만으로도 위안을 삼을밖에! 통이 좀 넓기는 하지만 어쨌든 저고리와 바지 차림이다. 무복(武服)이라고 할까? 다만 재질이 비단인지 뭔지는 모르겠지만 전체가 다 은은한 광택을 띠는 화려한 흰색이란 건 마음에 들지 않지만, 그 또한 어쩌랴?

당장의 관심사

허리춤을 보니 허리끈인지 복대인지 좁은 끈이 두어 겹으로 질끈 감겨 있다. 김강한이 문득 무슨 작정이 생겨서 그것을 풀어내는데, 그런 중에,

탱그~렁!

맑은 쇳소리를 내며 바닥으로 떨어지는 것이 있다.

두 자루의 칼이다. 손잡이까지 포함해서 길이가 한 뼘이 채 되지 않는 그야말로 단도(短刀)인데, 칼집도 없는 그것들은 전체적으로 거무튀튀하다. 손잡이는 물론 칼날까지도 그렇다. 마치 무쇠를 두드려 형체만 갖추고 막상 마지막 단계에서 칼

날은 벼리지 않은 것처럼 무뎌 보인다. 과연 칼 노릇을 할까 싶을 정도로!

김강한이 풀어낸 끈을 적당한 길이로 나눠 잡고 두 자루 단도 중 하나를 갖다 댄다. 끈을 자를 작정이다. 물론 그 무딘 날로야 쉽게 잘리지는 않겠지만, 그래도 지금으로서는 그것 이상의 도구도 없는 것이다. 그런데 웬걸? 다만 가볍게 가져다 대었을 뿐, 미처 제대로 힘도 주지 않았는데 끈이 가볍게 잘려 버린다.

[천지무쌍도(天地無雙刀)라는 것이다.]

설핏 놀라는 그에게서 감탄 내지는 호기심을 읽었던지 진소벽이 슬쩍 사유를 낸다. 두 자루 단도에 대한 설명이리라. 이름이 제법 거창하다 싶다. 더욱이 '무쌍'이라는 두 글자에서는 괜히 따져보고 싶기도 하다. 이미 두 자루로 쌍을 이루고 있는 터에 쌍을 이룰 것이 없다니, 사뭇 빤한 모순이 아닌가 말이다.

그러나 김강한은 진소벽에게 시비(?)를 걸거나 설명을 보탤 여지를 주지는 않는다. 그의 당장의 관심사는 천지무쌍도라는 단도에 있는 것이 아니라 다른 데에 있는 것이다.

진소벽이 아니라 김강한

허리끈을 풀어내는 것만으로도 잘록했던 허리 라인과 힙라인의 윤곽이 펑퍼짐해졌다. 이어 김강한이 잘라놓은 끈으로 양쪽 소매 끝을 바짝 다잡아 묶고, 다시 양쪽 발목까지 그렇게 해놓고 나니 모습이 좀 촌스럽기는 해도 치렁거려 거추장스럽던 부분들이 한결 깡총하고 간편해졌다.

물론 김강한의 관점에서 그렇다는 것이다. 진소벽으로서야 다분히 심기가 불편할 법하다. 그러나 어쨌거나 이 몸은 그의 주관하에 있는 것이다.

육신이 아무리 위대한 금강불괴라고 해도 결국은 껍데기일 뿐이다. 혹은 그것이 남자의 몸이건 여자의 몸이건 또한 마찬가지로 껍데기일 뿐이다. 그 육신의 정체성을 결정짓는 것은 그 안에 깃든 정신이자 영혼이다. 그럼으로써 이제 이 육신은 그의 것이자 바로 그다. 진소벽이 아니라 김강한인 것이다.

김강한이 허공의 영상으로 바뀐 옷매무새를 비쳐보고 있을 때다. 갑자기 화면이 흐려지더니 노이즈라도 타는 것처럼 흔들리며 일렁인다.

[사용 가능한 에너지가 거의 소진되었습니다. 영상 송출을 중단합니다.]

능이가 알리더니 이내 허공의 영상은 신기루처럼 사라지고 만다.

안 그래도 오래 보고 싶은 모습은 아니었으니, 김강한이 아쉬울 것은 없다. 그리고 어쨌거나 몸은 어쩔 수가 없더라도 옷차림이라도 좀 정리해 보려는 노력은 할 만큼 한 셈이다.

금강불괴가 아닌가?

'소변이라도 마려우면……?'

김강한에게 불쑥하니 생기는 걱정이다.

엉뚱하고 생각만으로도 민망하다. 그러나 막상 그런 상황이 되면 난처하지 않을 수 없을 것이다. 그리고 그러한 난처함은 그보다는 진소벽이 더 질겁할 일일 것이다.

그러나 또한 어쩌랴? 그런 상황이 왔을 때는 그때대로 어떻게든 대처를 할밖에!

다만 현재로서 할 수 있는 최선은 그런 상황을 아주 막을 수는 없더라도 최대한 늦게 도래하도록 원천적인 차단을 하는 것일 터다. 안 마시고 안 먹는 걸로!

그나마 다행스러운 것은 먹고 마시지 않는다고 해도 크게 문제가 되지는 않을 듯하다는 점이다. 금강불괴가 아닌가? 불괴의 신체인데 먹고 마시지 않는다고 해도 인간적 괴로움(?)은 있을지언정 죽지는 않을 것 아닌가 말이다.

도저히 엄두가 나지 않는다

김강한은 동굴이 끝나는 지점에 서 있다. 한 발자국만 더 나아가면 그냥 텅 빈 허공이다.

손으로 동굴 벽의 돌출부를 단단히 움켜잡은 그가 목을 길게 빼서 아래를 내려다본다. 아찔하다. 밑이 보이지 않는다. 그냥 까마득한 허공이다.

다시 위를 올려다보자 깎아지른 듯한 절벽이 끝도 없이 치솟아 있다. 그냥 직벽(直壁)이다. 아니, 90도의 직각이 아니라, 올라갈수록 절벽이 무너질 듯이 앞으로 나오는 아예 마이너스의 각도다. 다시 그때다.

휘이~잉!

돌연히 한 줄기의 세찬 강풍이 아래에서부터 세차게 불어오며 그의 몸을 날려 버릴 듯이 위태롭게 밀어붙인다.

'아아! 이건 도저히 엄두가 나지 않는다.'

그놈의 금강불괴는

[지금 나보고 여길 기어서 올라가라고? 난 못 해! 그건 도저히 불가능한 일이야!]

김강한의 항변(?)에 진소벽의 사유가 담담하게 울린다.

[내력을 사용하지 못할 뿐이지 금강불괴의 신체만으로도 이

미 외공(外功)의 궁극이다.]

그런 데는 김강한이 이윽고는 버럭 소리(?)를 지르고야 만다.

[그래서 뭐? 가능하니까 해보라고? 아니면 뭐, 그놈의 금강불괴는 이런 절벽에서 떨어져도 안 죽는다고?]

김강한이 감정대로 하자면 '그럼 당신이 하든가?' 하는 소리까지 나오는 걸 겨우 참았다. 그가 하는 것이나 그녀가 하는 것이나, 결국은 그게 그것이겠기에!

그러나 해야만 한다. 불가능이라고 할지라도! 이 이상하고도 이해되지 않는 상황에서 벗어나기 위해 해볼 시도가 그것 외에는 달리 없으므로!

'까짓거! 죽기밖에 더 하겠어?'

김강한이 애써 각오를 다져보지만, 그러면서도 괜한 시비가 따라붙는다. 죽음! 그것의 정의도 이상하지 않는가? 죽는다면 그가 죽는 건지, 진소벽이 죽는 건지! 진소벽이 죽는다면 진소벽의 의지가 죽는 건지, 이미 한번 죽었던 진소벽의 몸이 한번 더 죽는 건지! 진소벽의 몸이 죽는다면 그게 금강불괴가 결국은 금강불괴가 아니었다는 증명이 되는 건지!

쓸데없는 생각의 유희가 줄줄이 이어진다. 그런 것이 다 어떻게 해도 사라지지 않는 공포 때문일 터다.

[천지무쌍도는 쇠를 무 베듯 하는 보검이니 크게 도움이 될 것이다.]

진소벽의 사유가 예의 그 담담함으로 가볍게 울린다.

지금의 형편에서야 도움이 된다고 하면 지푸라기라도 잡고 싶은 심정이니 김강한이 동굴 바닥 한쪽에 떨어져 있는 그 두 자루 단검을 집어 든다. 그리고 반신반의하며 그중 하나를 동굴 벽에다 슬쩍 찍어본다.

푹!

별로 힘도 들이지 않았는데 단검이 동굴 벽 깊숙이 박혀 버린다. 쇠를 무 베듯 한다더니 그건 몰라도 단단한 암벽을 마치 두부처럼 뚫고 들어가다니 과연 놀라운 보검이다.

이윽고 동굴 끝단에 선 김강한은 깊게 숨을 한 번 들이켠다. 그리고 머리 위 절벽 면에다 두 자루 천지무쌍도를 차례로 찍어 박고는 곧장 허공으로 몸을 던지며 절벽에 매달린다.

휘이~잉!

기다리기라도 했다는 듯이 한 줄기 세찬 강풍이 그의 몸을 —혹은 그녀의 몸을— 흔들어댄다.

그러나 그가 전신의 근육에 힘을 주자 곧바로 그의 몸이 절벽에 찰싹 달라붙는다. 그런 자세가 생각했던 것보다는 안정적이어서 그는 일단 안도의 숨을 내뱉는다. 그리고 천지무쌍도를 한 자루씩 빼서 위로 찍으며 성큼 위로 올라간다. 된다. 두려웠던 것과는 달리 크게 힘든 것 없이 할 만하다. 자신을 얻은 그는 본격적으로 절벽을 기어오르기 시작한다.

그는 점점 속도를 올리고 있는 중이다. 출발 지점의 동굴이 보이지 않은 지는 이미 한참 전이다. 그러나 전신 근육은 지치지도 않고 여전히 대단한 힘을 발휘하고 있다. 그 스스로도 놀랄 정도다.

그는 이윽고 절벽의 끝에 다다른다. 만장애의 정상이다. 아래를 내려다보니 어느 틈에 몰려들었는지 어둠 속에서도 자욱한 운해가 한 마리 거대한 용처럼 넘실거린다. 멀리를 보니 어슴푸레한 어둠 속으로 첩첩의 산들이 끝없이 달려 나가고 있다. 다시 그 너머로 이 낯선 세상의 천하가 펼쳐져 있으리라!

기경(奇景)

그새 능이가 자리한 그 별개 외단의 소진되었던 내력은 재충전되었다.

김강한이 그 내력 중의 일부를 천지무쌍도로 주입하자, 두 자루 단검에서는 문득 은은한 푸른빛의 광채가 생겨나기 시작한다.

김강한이 이윽고 내력의 전부를 주입하자 단검에서는 두 줄기 상서로운 청광(青光)이 쭉 뿜어지며 밤하늘의 허공으로 뻗어 올라간다.

그러한 광경은 마치 레이저빔을 쏘는 듯한데, 다만 레이저로는 그처럼 영롱하고도 상스러운 보광(寶光)을 만들어낼 수는 없으리라!

천지간에 드문 전설의 보검만이 만들어낼 수 있는 기경(奇景)이리라!

계산과 기대

진소벽이 말하기를 이곳 세상에는 강호무림이란 하나의 특별한 세상이 존재하는데 그곳에 속하는 사람들. 즉, 강호무림인들이 중시하는 것이 몇 가지가 있다고 한다.

다만 어느 세상이나 그렇듯이 강호무림에서도 명예와 충정, 그리고 정의와 의리와 같은 것들에 가치를 두는 인물들이 흔하지는 않고 오히려 그 반대의 부류들이 훨씬 더 많다. 그러나 선악(善惡)과 정사(正邪)를 막론하고 모든 강호무림인들이 서슴없이 목숨까지 내걸며 탐하는 것이 있다.

바로 기진이보다. 재물로서의 보화가 아니라, 무공과 무위를 크게 향상시킬 수 있는 기이한 보물들! 즉, 신공비결(神功秘訣)과 영물영단(靈物靈丹)과 신도보검(神刀寶劍) 등이다. 그런 기진이보에 대한 강호무림인들의 탐욕과 집착은 상상을 초월할 정도이며 누구라도 결코 그 유혹에서 비껴가지 못한다.

천지무쌍도야말로 그런 기진이보 중에서도 손가락에 꼽히는 물건이다. 바로 유사 이래 가장 진기한 보물이라는 고금오대신보(古今五大神寶)에 당당히 이름을 올려놓고 있는 것이다.

그리하여 이곳 만장애가 비록 험산 준령의 심산유곡에 위치하고 있다고 해도, 천지무쌍도의 보광이 출현한 이상에는 누군가는 반드시 그것을 보고 찾아올 것이라는 계산이다.

또한 그런 계산 중에는 이처럼 높고 험한 산세와 지형을 능히 주파하여 온다는 것만으로도 이삼류(二三流)는 아닌 적어도 일류급 이상의 고수들이 오리라는 기대도 포함되어 있다.

제2장

—

나 진소벽이 기다리고 있으니

먼저 취하는 자가 주인

다섯 가닥의 신형이 빠른 속도로 치달려 오더니 허공 높이 솟았다가 아래로 뚝 떨어져 내린다.

하나같이 장대한 체구에 험상궂다고 할 만큼의 강한 인상들을 지닌 사십 대의 장한들. 그들은 형주오패다. 모종의 일로 만장애 부근을 지나다가 밤하늘로 뻗어 올라가는 두 가닥 보광을 발견하고는 즉시 전력을 다해 달려오는 길이다. 그리고 그들은 눈앞에 선 묘령의 한 여인이 들고 있는 두 자루 단검을 발견하고는 곧장 그것이 고금오대신보 중의 천지무쌍도임을 알아본다.

형주오패의 대형인 영사충(寧司充)은 일단 사방의 기척부터 살펴 자신들과 보물을 지닌 여인 외에는 달리 경계해야 할 인적(人跡)이 없음을 확인한다. 그러나 그의 마음은 조급하다.

원래 보물에는 임자가 따로 없고, 먼저 취하는 자가 주인이라고 하지 않던가? 비록 외지고 깊은 곳이기는 하지만, 천지무쌍도의 보광을 그들만 보았으리라는 보장은 없는 것이고, 만약 누구라도 또 본 자들이 있다면 곧 몰려들 것이다. 그 전에 서둘러 볼일을 보고 사라지는 게 상책일 것이다.

닭살이 돋다

험상궂은 다섯 사내들 중의 하나가 뭐라고 말을 거는데 김강한으로서는 알아들을 수 없는 말이다. 아마도 진소벽은 알아들었을까? 그때다.

[젊은 소저! 소저가 들고 있는 것이 과연 천지무쌍도가 맞소?]

능이다. 능이의 통역 기능이 그대로 살아 있는 모양이다.

"천지무쌍도? 아! 아마도 그런 것 같소만… 그건 왜 물으시오?"

김강한의 말, 아니, 생각이 또한 목소리로 발성이 되는데, 순간 그는 움찔 소스라치고 만다.

여자의 목소리다. 이미 여자의 몸이란 걸 충분히 인식하고 있음에도 목소리를 내는 건 또 처음이라 그 간드러짐(?)에 그만 스스로 닭살이 돋고 마는 것이다.

그리고 그런 와중에야 그것이 금강불괴의(?) 성대를 통해서 나가는 진짜 진소벽의 목소리인지, 아니면 능이가 임의로 여성의 목소리를 만들어서 외부 출력을 한 것인지, 그런 데까지 의문을 가져볼 여유까지는 없을 노릇이다.

같잖은 수작

"본래 사람은 죄가 없는데 보물을 가진 게 죄라고 했소! 연약한 소저가 그런 진귀한 천하의 보물을 가지고 있다가는 필시 큰 화를 면치 못할 테니 우리가 대신 맡아서 지켜주겠소!"

이건 무슨 같잖은 수작인가? 그래도 말은 참 고전적으로 한다. 하긴 고전적인 시대에 와 있긴 하지만! 어쨌거나 상대방이 곧바로 흑심을 드러내는 데야 김강한으로서는 오히려 잘된 셈이라고 하겠다.

"보물을 가지고 싶은 모양인데 뭐, 그럴 능력이 있다면 얼마든지 가져가시오!"

별로 쫄지도(?) 않고 오히려 퉁명스럽기까지 한 젊은 여인의 반응에 영사충이 설핏 당황스러운 기색이더니 이내 호탕한 체의 대소(大笑)로 받는다.

"하하하! 어여쁜 소저가 배포 하나는 참으로 대범하시구려! 좋소! 그럼 더 이상 사양하지 않도록 하겠소!"

영사충이 눈짓하자 오패 중의 막내인 다섯째가 곧장 달려들며 양손의 손가락을 독수리 발톱처럼 활짝 펼친 응조수(鷹爪手)로 천지무쌍도를 낚아채 온다. 그런 데 대해 김강한이 굳이 피하지 않고 마주 일장을 뻗어낸다. 잘록하니 묶은 소매 속에서 닿으면 묻어날 듯이 새하얀 피부의 자그마한 손바닥이 도드라진다.

"흥!"

다섯째가 가소로움의 콧방귀를 뀌며 왼손의 응조수는 계속 보물을 낚아채 가는 채로 오른손을 장으로 바꾸어 일장을 격출한다. 순간,

펑!

경기의 폭발음이 터지는 중에,

"윽!"

당황이 담긴 신음을 뱉으며 한 사람이 주춤주춤 뒤로 밀려난다. 다섯째다.

감질나다

'쩝!'

김강한은 내심의 입맛을 다신다.

격돌의 순간 그는 상대의 내공에 담긴 충격을 고스란히 받아들였다. 그런데 그 순간 그의 내부에서도 한 가닥의 반탄력이 생겨나며 상대를 튕겨내 버린 것이다. 당장에 짐작해 보건대는 진소벽의 금강불괴지체는 내력을 운용할 수는 없되, 외부의 충격에 대해 반사적인 작용은 일으키는 모양이다.

어쨌든 그 일장의 격돌에서 그는 내단의 미동을 느끼긴 했다. 그러나 글자 그대로 아주 미미한 정도에 불과했다. 아쉽다. 감질난다고 할까?

진짜 금강불괴

"이년이 한 수 재간을 숨기고 있었구나! 아우들! 더 이상 시간을 지체하기 어려우니 한꺼번에 공격하세!"

영사충이 분노를 실어 외치는 것으로 형주오패가 곧장 반월형으로 김강한을 에워싸고는 일제히 장풍을 날린다.

김강한이 피하지 않고 가슴과 얼굴로 오는 것은 장권으로 맞받고, 웬만하면 등과 어깨를 들이밀어 직접 얻어맞는다.

퍼~펑!

퍼퍼~펑!

직간접의 충격이 제법 내부를 울리고 그 여파로 내단이 조금씩 꿈틀거린다. 그런데 그때 형주오패도 무언가 이상하다는 의미의 눈짓을 교환하더니 저마다의 병장기를 뽑아 든다.

칭!

치~잉!

도검과 도끼 따위다. 그런 데는 김강한이 설핏 당황스럽지만 역시나 믿어볼밖에! 금강불괴 말이다. 그것도 금강부동공을 만든 창안자가 완전하다고 자평한 진짜 금강불괴!

들이대다

'죽여봐! 어디 한번 죽여봐!'

두 손을 늘어뜨린 채로 오히려 몸을 들이대는 김강한의 형상이 꼭 그런 꼴이다.

그런데 확실히 다른 세상이다. 아무리 몸을 들이댄다고 해서 하등의 망설임도 없이 곧장 연장들을 휘둘러 오다니! 김강한이 차라리 두 눈을 질끈 감고 만다.

터~텅!

타~당!

살과 뼈로 이루어진 사람의 육신과 강철의 병장기가 격돌하는 데서 나는 소리치고는 사뭇 생소하다.

김강한은 일말의 안도를 누린다. 내력이 실린 검과 도끼가 주는 충격은 권장의 그것보다는 확실히 강력하다. 그러나 아무런 일도 일어나지 않았다. 베어진 곳도 뭉개진 곳도 없다. 피도 나지 않고 심지어는 딱히 아픈 줄도 모르겠다. 금강불괴! 과연 금강불괴다.

몇 번의 짧은 격돌 끝에 그처럼 살벌하던 형주오패의 기세는 곧장 당혹과 경악으로 바뀌고 만다. 그러나 시세(時勢)를 아는 자가 준걸(俊傑)이라고 했던가?

챙~!

영사충이 검을 바닥에 내던지며 곧장 허리를 숙인다. 그러자 나머지 넷이 또한,

채~챙!

쿵!

도검과 도끼를 내던지며 깊숙이 허리를 접는다.

"저희가 강호의 숨은 고인을 몰라보고 감히 추태와 망발을 부렸소이다. 부디 너그러이 용서하시고 자비를 베풀어주시오!"

영사충의 목소리가 무겁고도 정중하다. 그런 그는 방금 전과는 아주 다른 사람이 된 듯하다.

'쩝!'

김강한이 다시금 내심의 입맛을 다시는 수밖에 없다. 상대의 본심이야 어떻든 간에 일단 저렇게 나오는 데다 대고서 다시 '죽여봐!' 하고 들이댈 수는 없는 노릇이 아닌가?

하여튼 참 뻔뻔하다

"저희들이 다른 욕심이 있었던 것은 결코 아니었소이다. 다만 소저처럼 젊고 아름다운 여인이 홀로 천하에 진귀한 보물을 가지고 있으니 혹시 탐욕스러운 무리를 만나 해라도 입을까 하는 우려의 마음에서 호의를 베풀려고 했던 것이오!"

영사충의 말이다. 이런! 입술에 침도 안 바르고 하는 거짓말이라니! 뭐 이런 철면피들이 다 있나 싶다.

혹시 이곳 세상의 사람들이 다 이런 건 아닐까 싶기도 하다. 역사를 봐도 각 시대를 대표하는 사상과 문화 조류 같은 것이 있지 않은가? 이런 유치하리만큼의 뻔뻔함이야말로 이곳 세상을 대표하는 그런 것이 아닐까?

"됐고, 몇 가지만 물어볼게!"

김강한이 말해놓고 보니 반말이다. 아마도 진소벽의 입장 때문이었을 것이다. 어쨌든 상대가 보는 것은 그녀의 모습인데, 그녀의 나이가 자그마치 백 살이 넘었다지 않던가? 어쨌든 다행(?)스럽게도 사십은 넘어 보이는 상대가 서슴없이 넙죽 허리를 숙이며 받는다.

“고인께서 선의를 베푸셨으니 이미 저희 형주오패와는 부모형제와도 같은 정리를 쌓았소이다. 그러니 무엇이든 물어보시오! 성심성의를 다해 대답해 드리겠소이다.”

부모 형제? 김강한이 다시금 헛웃음이 새어 나오는 것을 참기 어렵다. 하여튼 참 뻔뻔하다.

그게 언제쯤이야?

“지금이 몇 년도야?”

김강한이 묻는다.

“몇 년도… 라는 게 무슨 말씀이신지……?”

반문하는 영사충이 의아하다는 기색이다.

“서기 몇 년도 이런 거 있잖아?”

그렇게 말해놓고 나서야 김강한도 문득 혼란스럽다. 그의 기준으로 서기라야 기껏 2000년대인데, 진소벽이 있던 시절은 그것보다 한참이나 더 이전이다.

‘그럼 기원전 몇 년이냐고 물어봐야 하나?’

김강한의 생각이 그런 데까지 미치고 있는 중인데,

[구대마존을 아느냐고 물어보게!]

진소벽이다.

"구대마존… 이라고 알아?"

김강한이 조금은 어색한 느낌으로 질문을 던진다. 그러자,

"물론이오!"

이번에는 영사충의 대답이 사뭇 명쾌하더니,

"당금 강호에서 구대마존을 모르는 사람이 누가 있겠소이까?"

하고, 뭘 그런 당연한 걸 다 묻느냐는 투의 반문까지 보탠다.

"그럼 구대마존이 한자리에 모인 일에 대해서도 알아?"

역시나 진소벽의 사유를 반영한 질문이다.

"흠……! 사실 그 일에 대해서는 강호를 통틀어서도 알고 있는 사람이 드물다고 할 수 있는데, 마침 이 영사충이 조금은 아는 바가 있소이다."

스스로를 추켜올리기라도 하듯이 영사충이 짐짓 어깨를 한 번 으쓱하고 난 다음에 다시 말을 이어간다.

"그 아홉 명 마존들은 저마다 독보강호 하는 불세출의 기인들이라 한자리에 모이는 일이 결코 없었는데, 언젠가 단 한 번 한자리에 모인 적이 있었다고 하오이다. 그리고 그 자리에서는 가히 천번지복의 일대 격돌이 벌어졌다는 얘기가 전설처럼 전해지고 있소이다."

"그게 언제쯤이야? 그들이 한자리에 모였다는 때가?"

"그것은 강호의 누구도 정확하게는 알지 못할 것이지만… 그러한 소문이 강호에 나돌기 시작한 것은 지금으로부터 대략 삼십여 년 전쯤이오."

[음……!]

한 가닥 무거운 침음의 사유가 흘러나온다. 형주오패에게는 들리지 않는 그것은 진소벽의 것이다.

건재

첫째, 현재는 그녀가 살던 시점으로부터 적어도 30년 이상이 지난 시점이다.

둘째, 확실하지는 않지만 당금의 강호에 구대마존이 여전히 존재하고 있을 가능성이 크다. 비록 그때 그녀와의 격돌 이후로 강호 활동을 하지 않고 있는 것으로 보이나, 몇 가지의 측면에서 그들이 여전한 존재감과 영향력으로 보이지 않는 중에 강호무림계의 큰 흐름을 지배하고 있다는 직감을 가져볼 수 있겠다.

영사충을 비롯한 형주오패의 얘기에서 진소벽은 이상의 두 가지 사실들을 요약한다.

그리고 구대마존이 여전히 건재하고 있다는 데 대해서는

그녀가 지금 처지에서는 감히 바랄 수 없는 아스라한 흥분이랄지 기대하는 심정까지를 가져보게 된다. 그들 구대마존은 이제 모두 백 하고도 수십 살의 나이들이 되었을 것이고, 그녀와 격돌했던 결과를 되씹으며 무공에만 매진했을 것이니, 이제쯤에는 가히 신인의 경지에 도달해 있지 않겠는가?

그러한 점은 또한 김강한을 위해서도 보다 희망적인 견해로 제시될 수 있겠다. 다만 지금은 그가 사뭇 무거운 어떤 새로운 염려에 빠져 있으니 언급하기에 마땅한 때가 아닐 것이다.

새로운 염려

'진소벽이 원래 있던 시점에서 30여 년이나 더 지난 시점.'

김강한의 새로운 염려는 그 사실로부터 생긴 것이다.

즉, 그들이 지금 모든 노력을 다해 시도하고 있는 바가 여하히 성공해서 다시 한번 시간의 차원 혹은 시공간을 비틀 수 있게 된다고 해도, 과연 그들이 있던 원래의 시점으로 정확하게 돌아간다는 보장은 없다는 것이 아닌가?

만약 그런 보장이 없다면? 그럼 돌아간다고 해도 그것이 무슨 의미가 있을까? 진초희를 비롯해서 그의 소중한 사람들이 없는 세상! 혹은 그가 알고 있는 것과는 많이 달라진 모습과 또 사뭇 다른 생각과 가치를 가지게 되었을 그들과의 해후! 그런 것은 결코 그가 염원하는 것이 아니다.

그러나 그런 새로운 염려에도 불구하고 여전히 분명한 사실은, 그에게는 다른 선택의 여지가 없다는 것이다. 일단은 지금의 시도를 계속해야만 하는 것이다. 그래야만 돌아갈 수 있는 가능성이라도 생기는 것이고, 그리고 나서야 비로소 그가 떠나왔던 정확한 그 시점으로 돌아갈 수 있는지에 대한 고민을 해볼 의미가 생긴다고 하겠다.

그리고 그는 믿는다. 아니, 소망한다. 그때는 분명 또 무슨 방법이 생길 것이라고! 간절히 원하면!

귀한 물건

"휴우~!"

김강한이 저도 모를 한숨으로 잠시의 깊은 생각에서 빠져나오는데, 문득 스스로의 모습을 보니 엉망이다. 베어지고 헤어진 옷자락 사이로 속살이 비친다. 몸이 금강불괴지 옷까지 그런 것은 아니니 당연한 결과라고 하겠다.

김강한이 사뭇 당혹스럽다. 민망하기까지 하다. 어쨌거나 여체의 은밀한 속살인데 뭇 사내들 앞에서 함부로 내보이기는 그렇지 않은가 말이다.

"당신들이 가당찮은 욕심을 부린 데 대해서, 그리고 함부로 무기까지 휘두른 데 대해서 내가 가벼운 보상을 좀 취해도 되겠지?"

김강한이 형주오패에게 묻지만 대답을 들을 것도 없이 그들 중의 하나에게 다가서며 대뜸 천지무쌍도를 두어 번 그어 버린다. 그러자 그자가 등에 단단히 메고 있던 납작한 무언가의 끈이 간단히 잘리며,

툭!

하고 아래로 떨어지는데, 김강한이 간단히 낚아채는 그것은 아마도 행장의 봇짐이지 싶다.

김강한이 곧장 봇짐을 뒤진다. 우선 손에 집히는 건 깨끗하게 보이는 여벌의 옷이다. 검은색의 무복쯤인데 바로 그가 원하던 것이다. 사실 봇짐의 주인은 형주오패의 셋째인데, 김강한이 하필 그를 찍은 것은 그자의 몸이 호리호리하고 키도 작은 편이어서다.

그런데 김강한이 원하는 것을 취했으니 그만 봇짐을 주인에게 돌려주려던 중인데, 뭔가가 다시 눈에 들어온다. 아니, 눈에 들어왔다기보다는 손끝에 촉감으로 와 닿았다고 하는 것이 보다 타당하겠다. 그냥은 넘기지 못할 만큼의 부드럽고도 매끄러운 촉감이다.

그것을 꺼내자 곱게 접혀 있는데 마치 손수건을 곱게 접어

놓은 것 같다. 그런데 그때다.

주르륵!

마치 아래로 흘러내리듯이 하며 그것이 제법 넓게 펼쳐진다.

'이건… 잠옷인가?'

김강한의 그것에 대한 첫 느낌이다. 펼쳐진 그것은 한 벌의 장포 같은 형태인데 제법 사이즈가 크다. 대신 매미 날개처럼 얇아서 바깥이 다 비쳐 보일 정도인데, 그런 까닭에 그처럼 작은 부피로 접힐 수 있는 것이리라!

어쨌든 그 부드러움에다 속이 다 비치는 얇은 천의 잠옷이라면? 더욱이 사내의 잠옷이라면? 그런 취향을 결코 평범하다고 할 수는 없으리라!

"이게 뭐야?"

김강한이 묻자, 순간 형주오패의 셋째가 복잡미묘한 표정으로 된다. 뭐랄까? 당황과 걱정과 두려움과 다급함 등등이 복잡하게 섞였다고 할까? 그런 터에,

"잠옷 같은 건가? 사내가 이런 걸 왜 입어?"

순간 셋째의 표정이 다시 빠르게 변화를 보인다. 당황이나 부끄러움보다는 찰나의 안도랄까? 그리고 급하게 고개를 주억거리며 쭈뼛쭈뼛 손을 내민다. 마치 김강한의 짐작대로 잠옷이 맞고 자신의 치부이니 그만 자신에게 돌려달라는 듯하다.

김강한이 또한 들고 있는 그것의 부드러움이 괜히 민망스러워져서 셋째에게 그것을 건네주려 앞으로 내민다. 그런데 그 때다.

[천하의 귀한 물건이 이런 자들에게 있었다니, 그야말로 돼지 목에다 진주 목걸이를 건 격이로구나!]

진소벽이다.

천잠사(天蠶絲)

[이게 뭔데 그래?]

진소벽이 귀한 물건이라고 할 정도면 보통의 물건은 아닐 것이기에 김강한이 덩달아서 흥미가 생겨 묻는 말이다. 물론 그들끼리의 무언의 대화다.

[천잠(天蠶)이라는 전설 속의 누에가 있는데 그것에서 실을 빼 옷을 만들면 지극히 가볍고 얇고 가벼우면서도 질기기가 이를 데 없어 도검이 침범하지 못할 정도다. 또한 안에서는 밖을 볼 수 있을 정도로 투명하지만, 반대로 밖에서는 안이 보이지 않는 특성이 있다.]

[그러니까 이게 바로 그 천잠인가 하는 누에의 실로 만든 옷이라고?]

[그렇다. 천잠사로 만들어진 옷이다.]

진소벽의 다시금의 확인에는 김강한이 반색을 한다.

[잘됐네.]

그러고는 셋째를 향해 내밀었던 그것, 천잠사의 옷을 냉큼 거둬들인다. 그 바람에 괜한 헛손질을 하고 만 셋째가 순간 크게 낙담하는 기색으로 되고 만다. 그러나 셋째는 감히 어떤 이의를 제기하지는 못하고 그저 초조하게 김강한의 눈치만 살핀다.

김강한이 옷을 갈아입을 것도 없이 베이고 헤어져서 너덜거리는 원래의 옷 위에 우선은 예의 그 여벌의 흑의 무복(黑衣武服)을 그대로 덧입는다. 그리고 그 위에다 다시 천잠사로 된 그 얇고 투명한 옷을 걸쳐 입는다.

그런데 하늘거리는 잠옷 같은 것을 바깥에다 걸치면 혹시 가관(可觀)으로 되는 건 아닐까 하는 걱정도 있었는데, 막상은 사뭇 다르다. 얇고 부드러운 데다 투명하기까지 해서 입었다는 표시가 잘 나지도 않는 데다 신축성이 좋아서 적당히 옷차림을 몸에 밀착되도록 만들어주니 오히려 맵시가 나는 것도 같다. 물론 그러한 맵시는 김강한의 관점에서 그렇다는 것이지 진소벽에게야 아주 질색일 수도 있을 것이다.

김강한이 소매 한쪽을 들어 안쪽과 바깥쪽에서 번갈아 들여다보는데, 과연 안쪽에서는 바깥이 훤하게 비치는데 바깥쪽에서는 안쪽 흑의 무복이 어렴풋하게 비칠 뿐이다. 제법 신기한 노릇이다. 소맷자락을 좀 세게 잡아당겨 보자, 가볍게 늘어나고는 이내 팽팽하게 버틴다. 확실히 질기다. 다만 정말 도검이 불침하는지는 모르겠고, 굳이 시험해 보고 싶지도 않다. 어쨌든 안 입는 것보다는 낫지 않겠는가 하는 마음이다.

형주오패에게 그만 가보라고 하자 그들은 군말 없이 서둘러 사라진다. 보물을 뺏으려다 오히려 자신이 가진 보물을 빼앗긴 꼴이 된 셋째에게서는 여전히 아쉬움과 낙담의 기색이 비치지만, 그들로서는 감히 어떻게 해보지 못할 엄청난 상대이니 더 크게 봉변을 당하지 않은 것을 오히려 다행으로 여겨야 하리라!

상대적 개념

김강한은 다시 만장애 절벽 중간의 동굴로 내려와 있다. 형주오패의 자극 덕에 내단이 아주 약간의 활성화를 보였고, 그런 틈에 얼마간이라도 내공을 수습해 보기 위해서다.

금강부동공을 운공(運功)하던 김강한은 문득 몰아일체에서 깨어난다. 시간이 꽤나 흐른 것 같다. 그러나 얼마나 흘렀는지는 알 수 없다. 물론 능이에게 물으면 정확하게 알 수 있을 것이나, 굳이 그렇게 하지는 않는다.

그는 애써 조급해하지 않기로 했다. 이제는 납득할 수 있을 것도 같다. 이곳에서의 시간이 단지 상대적 개념일 뿐이란 것에 대해!

절대적인 의미에서 이곳의 시간은 멈추어 있는 것이나 마찬가지다. 결국 그에게 의미 있는 시간은 이곳의 시점 기준이 아니라, 그가 원래 있던 세상의 시점 기준이다. 그리고 그곳에서의 시점 기준은 그가 다시 그곳으로 돌아가는 순간에 의해 결정될 것이다.

그리하여 이곳에서의 시간은 단지 그의 조급함의 크기일 뿐이다. 조급해할수록 시간도 그만큼 빠르게 흘러가 버릴 것이다.

외단 형성

김강한은 가만히 외단에 집중해 본다. 된다. 아주 미약하지만 외단이 형성되고 있다. 그리고 좀 더 집중하자 점차 내력의 밀도가 강해지면서 이윽고 신체 주변을 완전히 감쌀 만큼의 한 겹의 막이 형성된다.

'아아!'

김강한은 진한 감격에 빠지고 만다. 비록 아직 미약하여서 예전처럼 무한의 힘과 능력을 주고 그 어떤 외부의 공격으로부터도 그를 지켜주던 수호신 같은 존재가 되려면 멀었다고 할 것이다.

그러나 지금 이렇게 그 존재감을 느낄 수 있는 것만으로도, 겨우 완성된 이 얇은 막 한 겹만으로도 이토록 뿌듯해져 오는 충만감이라니! 안도감이라니! 마치 오래전에 잃었던 모든 것을 한순간에 되찾은 듯하다.

하긴 오래되긴 했다. 시간을 거꾸로 오긴 했지만 자그마치 수천 년 만이니 말이다.

군웅 집결(群雄集結)

자시(子時) 무렵. 만장애의 상공에는 일대 장관이 펼쳐진다. 두 줄기의 휘황찬란한 서광이 밤하늘로 뻗어 나가는데, 그러한 광경은 마치 두 마리의 거대한 백룡이 힘차게 꿈틀대며 승천을 하는 듯하다.

벌써 여러 날에 걸쳐 매일 밤 벌어지는 광경이며, 시간이 더 할수록 더욱 대단한 장관으로 펼쳐지고 있는 중이다. 물론 천지무쌍도가 연출해 내는 광경이다.

김강한은 외단을 최대한 확장시킨다. 기왕에 금강불괴인데 딱히 보호막이 필요하지도 않으니, 아주 엷게 최대한 멀리로 펼쳐놓는다. 그러자 외단의 기감에 인근 사방의 기척들이 사뭇 선명하게 잡힌다.

사실은 진작부터 많은 숫자의 군웅(群雄)이 주변에 몰려들어 있는데, 아마도 형주오패가 간단히 낭패를 당했다는 소문이 이미 퍼졌든지, 혹은 강호에서 제법 고수 반열에 드는 인물들까지 상당수 도착해 있는 마당에 먼저 나서서 좋을 것은 없다는 계산이든지, 모두 몸을 숨긴 채 서로를 경계하며 돌아가는 상황을 예의 주시만 하고 있는 형국이다.

레벨(Level)

내단의 일부 용해로 내력이 증강되면서 능이 또한 보다 적극적으로 활동 영역을 넓혀가고 있는 것 같다.

물론 김강한이 딱히 지시를 한 바는 없고, 능이의 독자적인 움직임이다. 하긴 능이의 실체가 궁극적 인공지능이라는 것이 아니던가? 그리고 비록 그 본체라고 할 수 있는 UAI와의 연결은 되지 않더라도, 능이 자체적으로 압축하고 있는 정보처리 능력과 상황 해결 능력만으로도 엄청나다고 할 것이다.

능이는 진소벽의 의지와 교류를 하고 있는 중인데, 그런 일은 김강한이 능이의 시도에 대해 처음부터 방임하며 특별히 브레이크를 걸지 않은 덕에 가능했다고 하겠다. 즉, 진소벽의 의지든 능이든 결국은 김강한의 의지에 귀속되어 있다고 할 것이니 말이다.

어쨌든 그런 덕으로 능이는 내공과 무공에 대해 빠르게 학습을 했고, 이윽고 그 나름의 이해를 가지게 되었다.

레벨(Level)은 능이의 그러한 이해의 한 단편이라고 하겠다. 즉, 무공 차원의 능력을 에너지 측면에서의 객관적인 등급 수치로 평가한 것이다.

레벨은 총 12단계다. 즉, 레벨 1에서부터 레벨 12까지다. 그것에 대해 진소벽은 강호에서 무공의 성취 정도를 1성(一成)에서 12성(十二成)까지로 나누는 것과 같은 개념이라고 이해한다.

레벨을 정하는 기준점은 두 개다.

우선 최초의 기준점은 진소벽이 기억하고 있는 바의, 삼십 년 전 그녀가 구대마존과 격돌했을 당시에 그들이 합공으로 펼쳐냈던 파워 내지는 에너지의 크기다. 그것을 레벨 10으로 설정한 것이다.

두 번째 기준점은 최초의 기준점으로부터 30년이 지난 현재 시점에서 그녀가 예측하는 구대마존의 합공 파워다. 그것을 레벨 12로 설정했다. 그리고 그 두 개의 기준점을 바탕으로 나머지의 레벨 구간들이 설정되었다.

현재 김강한의 무공 능력은 레벨 3이다. 물론 금강불괴지체로서의 공능은 어쩔 수 없이 피동적이고 수세적인 개념이기에 레벨을 높이는 데는 기여도가 작다고 하겠고, 상대적으로 능동적이고 공세적인 개념으로 될 수 있는 내력의 크기가 주요

한 평가 항목이 될 수밖에 없어서다. 그러나 사실은 진소벽의 평가에 의하면 이미 일류고수의 경지를 넘어선 것이니, 그녀가 예상했던 성취의 속도를 훌쩍 뛰어넘는다.

어쨌거나 그럼으로써 그가 추가적으로 내단을 용해하는 데 필요한 외부 충격력 또한 자연히 레벨 3 이상의 것일 수밖에 없다.

그러나 지금 만장애 주변으로 몰려든 군웅들의 대다수는 레벨 1에서 레벨 2에 속하며, 레벨 3 이상의 고수들은 딱히 보이지 않는다는 점은 실망이다. 다만 천지무쌍도의 출현 소식이 빠르게 강호무림으로 퍼져 나가고 있을 것이니만큼 좀 더 기다려 보는 수밖에!

구주맹(九州盟)

"구주맹(九州盟) 현신(現身)! 혈검(血劍) 진(振) 구주팔황(九州八荒)!"

여러 사람이 한꺼번에 외치는 듯이 우렁차고도 웅장한 소리가 온 사방을 메아리로 가득 채우는 것처럼 울려 퍼진다.

[저게 뭐라고 하는 소리야?]

김강한이 묻는 소리에 능이가 즉각 대답한다.

[구주맹이 나타났다! 피에 젖은 검이 온 천하를 떨친다!]

그러나 능이의 그 해석도 아주 명쾌하지는 않은데, 김강한이 대강의 의역을 해본다.

[그러니까… 우리가 왔다! 모두 물렀거라! 뭐 대충 그런 거야?]

능이가 이번에는 굳이 반응을 하지 않는다. 또한 대충의 수긍인 것이리라! 그런 중에 주변 사방에서는 은밀한 소란들이 일어나고 있다.

"구주맹이다!"

"제기랄! 구주맹에서 벌써 냄새를 맡고 오다니 다 틀렸다."

"저 잔인무도한 놈들이 무슨 짓을 벌이기 전에 그만들 가세!"

투덜거리며 불만을 표하고 또 두려움에 서두르는 소리들이다. 이어 사방에 숨어 있던 기척들이 속속 멀어진다.

레벨 5의 검진(劍陣)

[이건… 혈검대진(血劍大陣)? 혈검문(血劍門)의 후예들인가?]

진소벽의 독백이다.

[뭐라고? 거 혼자만 중얼대지 말고 알아듣게 좀 얘기해 봐?]

김강한의 가벼운 핀잔에 진소벽이 마뜩하지 않다는 느낌이면서도 막상은 순순하게 대답을 낸다.

[당금 강호의 형세가 어떻게 변하였는지는 모르되, 백여 년 전 강호에 혈검문(血劍門)이란 문파가 있었다. 혈검대진은 혈검문의 상징과도 같은 검진이고, 혈검문은 그것으로 맹위를 떨치며 한때 강호의 패권을 다툴 수 있었지. 그러나 무슨 일로 구대마존 중의 검마존과 갈등이 생겼고 하루아침에 멸문지화를 당해 강호에서 사라졌는데, 지금 보니 그 후예들이 다시 강호에 등장한 것 같구나.]

김강한이 막상 그런 설명을 듣고 나서는,

[그래?]

하고 별 감흥 없는 반응을 보인다.

구대마존 중의 검마존 한 사람에 의해 간단히 궤멸을 당했다는 소리에는 혈검문이든 구주맹이든 흥미가 식어버린 까닭이다. 그런데 그때다.

[저들의 검진에서 레벨 5에 상당하는 에너지장이 감지됩니다]

능이다. 그리고 능이의 그런 평가에 대해서는 김강한이 곧바로,

[그래?]

하고 다시 반응하는데, 물론 좀 전과는 확연히 다른 흥미와 반색이 동시에 담긴다.

그러고 보니 김강한도 알겠다. 이제 막 포진(布陣)을 끝낸 그

거대 검진이 적어도 백여 명 이상의 검수들로 이루어졌으며, 그리하여 진내(陣內)의 영역을 대번에 검기 충천의 살벌한 분위기로 바꾸고 있음을!

여긴 정말 하나같이 왜들 저래?

"나는 구주맹주(九州盟主) 모산평(毛山平)이오! 그대 아리따운 소저는 본 맹주의 말을 귀 기울여 들어보고 사리에 맞게 합당한 판단을 해주기 바라오! 지금 소저가 가지고 있는 그 천지무쌍도는 본래 혈검문의 조사신물(祖師信物)이었소. 그리고 혈검문은 본 구주맹의 모태가 되니 즉, 천지무쌍도는 본 맹(本盟)의 신물이자 진산지보가 되는 것이오. 그러니 소저는 그 유서 깊은 물건을 원래의 주인에게 넘겨주는 것이 마땅하지 않겠소? 만약 소저께서 그렇게 대의를 베푼다면 나 또한 그것의 취득 경위에 대해서는 굳이 따져 묻지 않을뿐더러 소저가 결코 섭섭해하지 않을 만큼의 충분한 사의를 표하도록 하겠소."

검진 가운데서 누군가가 사뭇 장중한 톤으로 외치는 소리에, 김강한이 일단은 넌지시 진소벽에게 물어본다.

[이 단검이 원래 자기들 거라는 거잖아? 사실이야?]

물론 그 말의 사실 여부에 따라 그가 딱히 뭘 어떻게 하겠다는 것까지는 아니다. 그런데,

[흥!]

다분히 차가운 느낌의 코웃음부터 치고 난 진소벽이 이어 사유(思惟)를 보탠다.

[방금 저자가 모태라고 말한 혈검문조차도 강호에 등장한 지는 기껏 백 수십 년에 불과하다. 그러나 천지무쌍도는 수백 년 훨씬 이전부터 내 사문에 전해져 왔으니, 저자의 말은 참으로 가소롭기 짝이 없는 거짓일 뿐이다.]

그런 데 대해서는 김강한이 또한 어쩔 수 없이 실소를 떠올리고 만다.

[하여간… 여긴 정말 하나같이 왜들 저래? 얼굴색 하나 안 바뀌고 아주 청산유수로 거짓말을 해대네?]

검진 위용(劍陣 猛威)

"재주껏 가져가 보라!"

거두절미(去頭截尾)! 김강한이 무심한 듯이 툭 뱉어내는 그 짤막한 말에 대해서는 진중(陣中)에 잠시간의 얼떨떨한 침묵이 감돈다. 그러더니,

"와~하하하하!"

하는 우렁찬 광소에 이어 구주맹주 모산평의 사뭇 거칠게 표변한 어조가 이어진다.

"내 좋은 말로 타일렀건만 어린 계집이 천지 분간을 하지 못하고 스스로 무덤을 파는구나! 오냐! 어쨌든 너의 덕분으로 본 맹이 강호의 진귀한 보물을 취하게 되었으니, 그 보상으로 본 맹의 무상검진(無上劍陣)인 혈검대진의 위용을 몸소 겪어볼 수 있는 기회를 주마! 내 장담하건대 이러한 기회는 결코 쉬운 것이 아니어서 천하를 오시하는 협성괴걸과 영웅호걸쯤은 되어야 누릴 수 있으리라! 하니 너는 영광으로 알아야 할 것이며 본 맹의 성의가 부족하다는 원망은 결코 할 수 없을 것이다!"

이어 모산평이 날카로운 투로 외친다.

"발진(發陣)!"

그리고 곧장 검진이 움직이기 시작하더니 곳곳에서 첨예한 기세가 불쑥불쑥 일어나며 이내 사방은 말 그대로의 도산검림(刀山劍林)의 지경으로 일변한다.

"변(變)!"

다시금의 명령이 떨어지고, 진중의 사방에서 혈무(血霧)가 일어나며 이내 자욱하게 짙어진다. 그런 중에 안 그래도 어렴풋하던 검수들의 자취가 아예 사라지고 사방에서는 찌르고 벨 듯이 날카로운 기세와 압력이 휘몰아치며 진내를 압도하기 시작한다.

난자

김강한은 가만히 버티고 선 채로 검진이 일으키는 기세와 압력을 그저 무방비로 받아내고만 있다. 금강불괴지체에다 천잠사의 겉옷이 있고 다시 그 바깥에 한 겹 외단의 방어막이 있지만 외부에서 가해지는 충격과 자극들은 고스란하다.

구주맹주 모산평은 당황스럽다. 그의 처음 의도는 검진의 막강한 위용을 과시하여 여인으로 하여금 두려움을 가지게 하고, 그리하여 기왕이면 그녀가 보물을 스스로 바치는 모양새를 만들어보려고 했던 것이다. 그럼으로써 그가 일개 여인에게서 보물을 강탈한 것이 아니라 어디까지나 보물의 주인으로서 스스로 부족함을 절감한 여인이 그에게 보물을 바친 것이라는 꽤나 그럴 법한 명분을 갖춰보려고 한 것이다. 그런데 지금 상황이 사뭇 묘하게 흘러가고 있다.

상대 여인은 지금 숫제 맨몸으로 검진의 압박을 감당해 내고 있는 중이다. 그 도도한 자태조차 흩뜨리지 않은 채로 말이다. 그런데 비록 검진이 아직 본격적인 공세로 진입하지는 않았지만 진세가 발하고 있는 날카로운 기세와 거대한 압력만으로도 일개인이, 더욱이 일개 어린 여인이 맨몸으로 받아낼 수 있는 것은 아닐 터! 그런 데서는 모산평이 이윽고는 격한 분노가 치미는 것이다.

'오냐! 네가 그처럼 도도했던 것에는 과연 믿는 바가 있었다는 것이로구나! 그러나 너는 오늘 상대를 잘못 만났다.'

"파(破)!"

모산평이 일갈하자 이윽고 진내의 모든 예기와 압력이 김강한에게로 집중된다.

파파~팟!

츠츠츠~츳!

수십 수백의 검이 찌르고 베고 치며 김강한의 전신을 난자해 든다.

도저히 참을 수가 없다

[생체 에너지의 총량이 레벨 5에 근접했습니다.]

능이의 알림이다. 직전 김강한의 무공 능력이 레벨 3이었는데, 단시간에 레벨 5까지 끌어올렸다니 성과가 꽤나 쏠쏠하다고 하겠다.

그런 채로 얼마나 더 지났을까? 김강한은 문득 흥미를 잃고 만다. 어느 시점부터 검진의 위력이 더 커지지 않고 있는데, 아마도 그 정도가 최대로 발휘할 수 있는 위력인 모양이다. 그리고 이제 그런 정도로는 그에게 더 이상의 자극으로 와 닿지도 않는 때문이다.

[생각했던 것 이상의 성과를 거두었으니 일단 동굴로 돌아가서 용해된 내력을 수습하는 것이 좋겠다.]

진소벽이 사유를 전하고 있다. 그러나 그것에서 김강한이 문득 회의가 들기에 묻는다.

[그런데 지금 백여 명 이상이 합공으로 만들어내는 위력이 겨우 레벨 5밖에 안 되는 것이라면, 앞으로 이 이상의 레벨을 다시 만나기란 결코 쉽지 않다는 얘기겠지?]

진소벽이 담담하게 받는다.

[아마 그럴 것이다. 그러나 우리는 이미 상당한 수준으로 내단을 녹여냈으니만큼 그것을 수습하고 다시 운기행공에 진력한다면, 그것만으로도 우리가 애초에 예상했던 소요 시간을 크게 단축시킬 수 있을 것이다.]

[단축? 그래 크게 단축시킨다고 쳐! 그래서 얼마나 걸린다는 건데?]

[삼 년! 아주 좋은 상황을 가정하고 보다 긍정적으로 예상을 해본다면 이 년까지도…….]

[그건 안 돼! 너무 멀어!]

김강한이 이윽고는 호통을 치듯이 단호하게 의지를 표하고 만다. 그런 강경함에는 진소벽의 의지가 설핏 움츠러들 수밖에 없는데, 김강한이 잠시 추스르고 난 다음에야 가만히 심정을 토로한다.

[현재 상황에서 당신 생각이 가장 합리적일 것이란 건 알아. 그리고 이곳에서 보내는 시간이 삼 년이든 이 년이든 그것이 다만 상대적인 개념일 뿐이란 것도 대강은 납득하고 있어. 그러나 머리로는 납득이 되지만, 그래도 이곳에서 몇 년씩이나 더 있어야 한다는 건 도저히 참을 수가 없다고! 점점 더 마음이 조급해지고 미칠 듯이 초조해진다고! 무슨 수를 써서라도 다만 일분일초라도 빨리 돌아가고 싶다고! 그리고 어쩌면 당신도 미처 알지 못하고 있는 또 다른 변수가 있을 수도 있잖아? 그러니까 다른 방법을 좀 찾아보자고! 최단시간 내에, 아니, 가능하면 단번에 모든 걸 해결할 수 있는 그런 방법 말이야!]

네가 정히 그런 생각이라면

진소벽의 침묵이 한참이나 이어지더니 이윽고 진중하게 사유를 일으킨다.

[나의 원래 계산은 응축된 내단을 단계적으로 녹여서 내가 원래 가지고 있던 힘을 먼저 회복하고, 그런 뒤에 다시 이곳 세상에서 가장 강력한 힘과의 충돌을 시도하여 거기에서 발생하는 초월의 힘으로 시간의 차원 혹은 시공간을 비틀면, 우리가 왔던 세상으로 되돌아갈 수 있으리라는 것이었다.]

[그랬지.]

[그런데 이제 단번에 모든 걸 해결할 수 있는 방법을 강구한다면… 중간 과정을 생략하고 곧장 최종의 단계로 돌입하는 수밖에 없을 것이다. 비록 그렇게 해서 단번에 모든 것이 해결될지 아니면 모든 것이 끝장나 버릴지는 알 수 없지만!]

김강한이 무겁게 받는다.

[설령 모든 것이 끝장나 버릴지라도, 난 차라리 그쪽이 좋겠어! 무슨 생각인지 자세히 말해봐!]

[이곳 세상에서 가장 강력한 힘은 바로 구대마존이다. 이곳 세상은 너의 시대와 비교하면 원시(原始)라고 해야 할 초기 문명시대일 뿐이니 구대마존보다 더 강력한 힘은 없다고 단언할 수 있다. 물론 우리의 현재 내력 수준은 그들과 너무도 큰 격차가 있기에 정면 격돌을 감당하기는 불가능하다.]

[불가능? 훗! 그래 봤자 죽기밖에 더 하겠어? 아니지! 금강불괴잖아? 그들의 힘이 아무리 엄청나다고 해도 결국 우리를 어떻게 할 수는 없는 것 아닌가?]

김강한이 분위기를 조금 바꿀 참으로 짐짓 가벼운 농담처럼 반문해 본다. 그러나 진소벽은 가볍게 한숨을 내쉬는 느낌이더니 다시 차분하게 사유를 이어간다.

[천지간에 절대적으로 완전한 것은 없는 법이다. 결국은 상대적 개념일 뿐이지. 금강불괴도 마찬가지여서 압도적으로 강한 절대 거력과 마주친다면 결국 파괴가 되고 말 것이다. 그

런 점에서 구대마존의 능력은 석년(昔年)에 이미 금강불괴를 깨뜨릴 만한 경지에 이르러 있었다.]

[그러나 당신의 금강불괴는 깨지지 않았잖아?]

[그건 그때 내게 그들을 감당할 수 있는 능력이 있었기 때문이다. 만약 지금과 같이 내단이 응축된 상태였다면 내 육신의 금강불괴는 파괴되고 말았을 것이다. 더욱이 이제 저들은 예전보다 한층 더 높은 무공의 경지를 이루었을 것이니, 현재의 상태로 저들을 감당하기는 불가능하다고 하는 것이다.]

김강한이 다시 단호한 심경으로 돌아간다.

[어쨌든 내 생각은 바뀌지 않아! 그러니까 최대한 빨리 구대마존을 만날 방법이나 생각해 봐!]

진소벽이 잠깐의 무거운 침묵 끝에 다시 담담한 사유를 낸다.

[네가 정히 그런 생각이라면 나로서야 따를 수밖에 없는 노릇이다.]

[이해해 줘서 고마워!]

김강한이 고마운 마음인 건 진심이다. 진소벽이 담담하게 사유를 보탠다.

[구대마존을 다시 한자리에 모으는 것부터가 쉽지는 않은 문제다. 다만 다행스럽게도 우리에게는 그들이 충분히 흥미를 가질 만한 미끼가 있다. 바로 나 진소벽이다. 진소벽의 재

림(再臨)이라면 그들이 직접 확인하러 오지 않을 수는 없을 것이다.]

외단의 공간

김강한과 진소벽이 주고받은 내용들은 많으나 그것들은 대화가 아니라 의지와 사유의 교환이다. 그럼으로써 사실은 아주 짧은 시간 동안에 이루어진 것이고, 그동안에도 검진의 공격은 맹렬하게 계속되고 있는 중이다. 그런데 한순간이다.

와르~릉!

대기를 떨어 울리는 우렁찬 진동과 함께 무언가 한 무리 무형의 기운이 일어난다. 그러더니 그것은 진내(陣內)에 하나의 독립 공간을 형성하는데, 사방에 자욱하게 퍼져 있는 혈무조차도 그 공간 내로는 감히 침범을 하지 못하고 공간의 경계에서만 거대한 소용돌이처럼 넘실댄다.

그 이질적인 공간을 향해 곧바로 검진의 공격과 압박이 집중된다. 그러나 그 공간은 일정 부분 일그러지고 변형되지만 결코 크게 흐트러지거나 와해되지는 않고 놀라운 탄력으로 이내 다시 원상태로 복원된다.

외단이다. 김강한이 현재 가능한 총력을 기울여 외단을 확장했고, 그럼으로써 하나의 방어 공간을 형성한 것이다.

외단의 공간 안에는 지금 두 사람이 들어 있다. 김강한과 다른 한 사람! 턱 밑에 기른 세 갈래의 수염이 교활해 보이는, 그럼으로써 무슨 '진(振) 구주팔황(九州八荒)!'의 대단한 인물 같지는 않은 인상의 노인! 바로 구주맹주 모산평이다.

경악

모산평의 눈빛이 경악으로 크게 흔들리고 있다. 혈검대진의 중심축을 지탱하고 있던 그가 정체 모를 무형의 공간에 갇힘으로써 검진과의 교감과 조화가 끊겨 버렸고, 그로 인해 진형(陣形)이 흐트러진 검진이 이윽고는 멈춰 서고 만 것이다.

거세게 휘몰아치던 예기와 압력이 일순간에 소멸되자 자욱하니 시야를 가리던 혈무가 아침 햇빛에 스러지는 안개처럼 슬그머니 물러간다.

뒤이어 모산평은 두 눈을 부릅뜨고 만다. 어떻게 된 노릇인지도 모르게 그의 마혈이 제압된 때문이다. 그러나 그 묘령의 여인은 내내 처음의 모습 그대로 고고하게 서 있을 뿐이다.

'설마 격공점혈(隔空點穴)이란 말인가? 그것도 이 장(二丈)에 가까운 거리를 두고서……?'

당금 강호에 활동하는 인물들 중에서 그런 경지에 이른 고수를 당장에는 떠올리지 못하겠다는 데서 모산평의 경악은 더욱 깊어간다.

아닐걸?

"당신이 두목인가?"

김강한의 물음에 모산평이,

"본좌는 구주맹주로……."

하고 빠르게 주워섬기려는 중에,

"됐고!"

김강한이 간단히 잘라 버리고는, 움찔하고 마는 모산평의 기색에 대해서는 다시 가볍게 실소를 떠올리고 만다. 예의 세 갈래 수염이 주는 인상에서 이미 그러했지만, 여전히 장중하고 웅장한 체하는 목소리가 노인의 실체와 새삼 어울리지 않는다는 점에 대해서다.

"하여튼 당신이 두목이라는 거 아냐?"

그런데 김강한의 실소에 새삼 분기가 일어났던가?

"소저에게 세상을 놀라게 할 만한 신공이 있다고 해도 아직 어린 나이이거늘, 본좌는 그래도 일파의 주인이 되는 신분이니 강호상의 도의와 예를 갖춰주시오!"

모산평이 제법 결기를 세운다. 김강한이 기왕의 실소를 지우지 않으며 가볍게 받는다.

“내 나이가 어리다고? 아닐걸? 아마 당신보다는 몇십 년쯤은 더 많을걸? 그리고 강호상의 도의와 예라고 했어? 먼저 칼을 겨눈 건 그쪽이잖아? 그럼 당연히 그 대가를 치러야 하는 거 아냐? 여기서는 어떤지 모르겠지만, 내가 아는 도의와 예에 의하면 그래.”

그리고 그때다. 한 자루의 단검이 불쑥 허공으로 솟아오르더니 저 홀로 천천히 공간을 가로질러 가서는 모산평의 바로 눈앞에서 우뚝 멈춰 선다. 천지무쌍도 중의 한 자루다. 이어 모산평이 흠칫 얼어붙고 마는 중에 단검이 가볍게 가로 그어지는데, 단검에 직접 닿지 않았음에도 모산평의 이마가 죽 그어지며 대번에 피가 배어난다.

‘이런……?’

움찔 당황한 것은 오히려 김강한이다. 그저 시위만 하려던 것인데 대번에 피를 보고 말다니! 누가 천하의 보도(寶刀) 아니랄까 봐서 이건 날카로워도 너무 날카롭다. 쓸데없이 말이다. 그러나 정작 모산평은 아예 기절초풍을 하고 있는 중이다.

‘이기어검(以氣御劍)……?’

이기어검이야말로 내가검공(內家劍功)의 최고 경지이다. 더욱이 이기어검을 펼치는 중에 여유롭게 말까지 하다니! 그 내공의 경지가 이미 신화경의 단계마저도 넘어섰다는 것이리라!

주르~륵!

마침 눈가를 지나 뺨으로 흘러내리는 핏줄기의 느낌에 모산평의 눈이 파르르 흔들리며 숨길 수 없는 공포가 서린다. 물론 그것이 이기어검과는 전혀 무관하게 단지 외단에 의한 조화임을 그로서는 짐작이라도 해볼 수는 없을 터이다.

나 진소벽이 기다리고 있으니

겨우 경악을 추스른 듯이 모산평의 두 눈이 다시 영활하게 움직이더니 대번에 태도가 달라진다.

“절세 고인을 몰라보고 큰 실수를 범한 것 같소이다. 그러나 예로부터 군자는 소인과 다투지 않는다고 하였으니, 소저께서는 부디 큰 배포로 이번 한 번만 아량을 베풀어주시기를 간곡히 청하오이다.”

스스로를 소인으로 낮추는 모산평에 대해 김강한이,

“난 군자가 아니지만 당신이 그처럼 간곡히 청하니 아량을 베풀어줄 수는 있소. 대신…….”

하고 슬쩍 양념을 치며 말꼬리를 줄인다. 그러자 모산평이 눈치 빠르게 받는다.

“제게 원하시는 것이 있다면 말씀해 보시지요. 귀를 씻고 경청하겠소이다.”

김강한이 가볍게 미소를 떠올리며 고개를 끄덕인다.

"좋소! 그럼 내가 하는 몇 마디 말을 강호에 퍼뜨려 주시오! 수단과 방법을 가리지 말고 최대한 빠르게! 최대한 널리!"

모산평이 설핏 의아한 기색이지만 곧바로 진중한 투로 받는다.

"성심성의를 다해 봉행하겠소이다. 그 몇 마디 말씀이 무엇인지 알려주시지요."

김강한이 잠시 틈을 두었다가 천천하고도 분명한 투로 말을 꺼낸다.

"나 진소벽이 만장애에서 기다리고 있으니, 구대마존은 속히 와서 영접하라!"

"어… 헛! 구대마존……?"

모산평이 헛바람을 뱉으며 놀라고 만다.

응징과 보상

"지금부터 열흘! 만약 열흘 안에 구대마존 전부가 이곳에 모이지 않으면 내가 직접 강호로 내려갈 거요. 그리고 제일 먼저 할 일은 구주맹의 이름을 강호에서 지우는 일이 될 거요!"

김강한이 짐짓 차갑게 보태는 말이다.

"옛……? 그… 그건……!"

모산평이 크게 난색을 표할 때다. 어느 순간에 천지무쌍도의 단검 한 자루가 다시금 불쑥 그의 바로 눈앞에 모습을 드러내고 있다.

모산평은 경악의 극을 넘어 차라리 현실을 실감하고 직시한다. 눈앞의 여인은 격공점혈에 이어 이기어검까지 가히 무적의 무공을 선보인 것으로도 모자라, 이제는 전대(前代)의 절대자들이자 이미 강호의 전설이 되어버린 구대마존마저도 오시(傲視)하는 듯하다. 그런 점에서 그녀의 요구를 완수하지 못할 경우 구주맹을 멸문시킬 것이라는 그녀의 경고는 결코 허투루 넘길 수 있는 것이 아니다.

"하지만… 구대마존은 강호에서 은거한 지 이미 오래되었습니다. 그들 각자가 어디에 있는지도 모르는 판에 어떻게 열흘 안에 그들 전부를 이곳에 모이도록 만들 수 있단 말입니까? 그건 도저히 불가능한 일입니다."

잔뜩 무거운 모산평의 말을 김강한이 가볍게 받는다.

"불가능하지 않소. 나의 그 몇 마디 말이 구대마존에게 전해지기만 한다면 그들은 즉시 이곳으로 달려오게 되어 있소. 하니 관건은 당신이 나의 말을 얼마나 빨리 그리고 널리 강호에 퍼뜨리는가에 달린바! 강호의 소문은 천리마보다도 빠르다고 했으니 당신이 구주맹의 모든 역량을 다하고, 또 개방과 하오문 등 강호의 모든 정보 조직들을 총동원하는 등 그야말로 성심성의를 다해 전력을 투구한다면 이 일은 결코 불가능하지 않을 것이오. 자! 다시 한번 말하건대 열흘, 열흘이요! 그 안에 구대마존 전부가 이곳에 모이지 않는다면 당신과 구주맹은 가차 없는 응징을 받을 것이요, 그 반대라면 당신은 보상을 받을 것이오. 즉, 천지무쌍도를 당신에게 주겠소!"

모산평이 '부르르!' 가늘게 몸을 떨고는 딱딱하게 얼굴을 굳히고 만다.

그래도 할 수 있는 데까지는

김강한은 만장애 중간의 동굴에 있다. 그간 내단의 용해로 풀린 내력을 완전하게 수습하며 구대마존을 기다리는 중이다.

외단은 빠르게 성장하고 있다. 물론 그런 성장 정도로는 대세에 어떤 영향도 미치지 못할 것이지만 그래도 할 수 있는 데까지는 최선을 다해볼 요량이다. 달리 할 일도, 할 수 있는 일도 없기도 하지만!

외단을 가늘게 풀어내어 능이를 태워 보내는 방식으로는 이제 주변 사방을 제법 넓은 범위까지 탐지할 수 있다.

만장애 위쪽에서는 아마도 보검을 노리고 뒤늦게 모여든 무림인들의 것일 기척들이 며칠간 간간이 이어지더니, 어제쯤부터는 아예 어떤 기척도 감지되지 않고 있다.

근원적인 한계

진소벽의 의지는 조금 더 선명해졌다. 아무래도 자신의 원래 세상에 돌아왔고, 또 원래의 육신에다 진신내공이 회복되고 있는 데 힘입은 바가 있을 것이다.

그녀는 김강한에게 여러 가지의 화두를 던지고 있는 중이다. 그녀 자신의 깨달음을 전하여 그의 각성에 도움을 주고자 함이다.

구대마존이 올 때까지의 다만 며칠간이라도 그를 최대한 강하게 만들어야 할 필요성 때문이다.

그녀가 그를 최대한 강하게 만들어야 할 첫 번째 필요성은 명예 때문이다.

그녀가 이곳 원래 세상에서 그녀 자신으로서 쌓아 올리고 누렸던 명예! 이곳 원래 세상에서 그녀는 더 이상 오를 데가 없이 모든 것을 이룬 바 있고, 후대에까지 절대의 전설로 남는 불후의 명예까지 얻었다. 그러나 이번에 구대마존과의 재회에서 그러한 명예는 자칫 한순간에 허물어지고 말 수도 있는 것이다. 이곳 세상에서 그녀의 명예와 전설이 그대로 지켜지고 유지되도록 하는 것! 그것이 그녀의 첫 번째 필요성이자 바람이다.

두 번째의 필요성은 금강부동공의 궁극에 대한 염원 때문이다. 그녀는 궁극에 도달하지 못한 채로 한계에 도달했다. 영(靈)이 육신에서 분리되었다는 것도 있지만, 그 이전에 이미 스스로의 고정관념과 집착 등으로 창조와 각성의 한계점에 봉착했던 바 있는 것이다. 그리하여 궁극에 대한 염원은 김강한을 통해서만 가능하리라! 즉, 그가 그녀를 뛰어넘었으면 하는 바람이다.

사실 김강한은 이미 그녀가 알고 깨달은 모든 것을 공유하고 있는 중이다. 그러나 깨달음이라는 건 아주 미묘한 것이어서 이미 공유하고 있다고 하더라도 다시 미묘한 차이가 있을 수 있으니, 그녀가 다시 한번 직접적인 도움을 주고자 하는 것이다.

그러나 그녀의 그런 노력과 성의에 대해 막상 김강한은 적극적이지 않다.

크게 관심이 동하지 않아 할뿐더러, 그가 원할 때면 언제든지 얻을 수 있는 정도로 가볍게 여기는 듯하다. 언제든지 꺼내 쓸 수 있는 지식과 경험의 창고 같은 것! 그에게 그녀의 존재는 그런 것이리라! 또한 그에게도 절실함은 있지만, 그것은 한시라도 빨리 그의 원래 세상으로 돌아가야 한다는 것에 대한 절실함이지 그녀가 느끼는 필요성이나 바람과 같지는 않을 터이다.

그런 데야 그녀로서도 어쩔 수가 없다. 그녀가 가진 근원적인 한계! 즉, 결국은 김강한에게 귀속되어 있다는 한계를 넘지는 못하니 말이다.

제3장

—

절대지력(絶對之力)

독중지독(毒中之毒)

그는 문득 걸음을 멈추어 선다. 홀연히 코끝에 와 닿는 한 가닥의 향취 때문이다.

그것은 지극히 미세해서 향취라기보다는 차라리 어떤 느낌에 가깝다. 그나마도 다른 사람이라면 결코 느낄 수조차 없는, 천하에서 오로지 그 한 사람만이 감지할 수 있는 그런 종류의!

그러나 그에게 그것은 너무도 강렬하여서 그는 한순간에

전신의 모든 감각을 모조리 끌어 올리고 극대화시켜서 그것에 집중한다.

그렇다. 그것은 바로 독이다. 천하에 존재하는 모든 종류의 독을 섭렵했다고 자부하는 그로서도 경험해 본 바 없는 전혀 새롭고도 다른 차원의 강렬함을 지닌 독!

이 미세한 느낌만으로도 그것은 가히 독중지독(毒中之毒)일 것이라는 확신을 미리 일으키는 데가 있다. 그럼으로써 그는 당장에 그것의 실체를 확인하지 않고는 도저히 그냥 지나칠 수가 없다.

그는 독마존이다. 세상 사람들이 전설로 말하는 구대마존의 한 사람인 바로 그 독마존!

그는 진소벽에 관한 소문을 듣고 만장애로 가고 있던 중이다.

유인

[독마존을 일단 다른 곳으로 유인해야 한다.]

진소벽의 사유다.

외단으로 만장애 주변을 탐색하던 중에 독마존을 먼저 알아본 것도 그녀다.

그녀는 우선 독마존과 단독으로 상대하며 내단을 조금이라도 더 용해시키는 것이 최선의 방책이라고 했다.

그런데 김강한의 지금 능력으로는 독마존 하나를 감당하기에도 크게 부족하니 만약 구대마존의 또 다른 자가 합류한다면 아예 상대가 되지 못할 것이고, 그런 만큼 우선은 독마존을 만장애로 통하는 길목에서 다른 곳으로 유인을 해야만 한다고 했다.

천멸(天滅)

독마존을 유인하기 위한 수단으로 김강한이 문득 떠올린 것은 독이다. 바로 천멸(天滅)이다.

가장 강력하며 가장 치명적인 독! 더하여 그것 스스로 계속해서 더욱 강해지는 살아 있는 독! 지금까지도 없었고 앞으로도 없을 전무후무의 위대한 독! 그리하여 독공이 아닌 독 그 자체로는 오히려 독의 조종(祖宗)인 독마존을 능가했다고 독마가 당당히 자부했던 바로 그 천멸!

사실은 김강한이 천멸을 떠올리긴 했지만 막상 그것이 지금의 상황에서도 여전히 존재하리라는 생각까지를 해보기는 어려운 노릇이었다. 엄청난 시공간을 거슬러 왔고, 더욱이 그의 본래 육신이 아닌 전혀 다른 육신에 들어와 있는 처지가 아닌가 말이다.

다만 그럼에도 그가 한 가닥의 미미한 기대라도 해보게 된 건 그때 독마가 했던 말에서부터다.

“천멸은 결코 소멸되지 않는다. 분명 너의 내부 어딘가에 존재하고 있을 것이다. 그리하여 결국에는 너를 녹여 버리고 말 것이다.”

그리고 그때 그 스스로도 독마의 천멸이 그냥 사라진 것이 아니라 그의 내단과 외단에 중화(中和)되며 그 일부로 화했을 수 있겠다는 생각을 한 바도 있는 것이다.

그렇다면?

천멸 혹은 그것의 뿌리는 다시 능이의 별개 외단으로도 연결되었을 법하다. 즉, 능이가 무형의 양자 회로를 구축하고 있는 그 별개의 외단이 품고 있는 일단의 내력도 원래 김강한의 내력에서 갈라져 나간 것이니, 그것에 아주 미약하게라도 독마의 천멸이 녹아 있을 가능성이 있을 법하다는 것이다.

다시 그렇다면?

그것이 아무리 미약한 정도에 불과하다고 하더라도, 다른 사람은 몰라도 독의 조종이라는 독마존이라면 능히 알아챌 수도 있을 것이며, 그런 다음에는 지극한 홍미를 가지지 않을 수는 없으리라는 기대인 것이다.

기대는 사실로 이루어졌다. 과연 천멸의 아주 미세한 일부가 능이의 별개 외단을 통해서 기어코 여기까지 전해져 온 것이다.

독지(毒地)

만장애 아래의 무저(無低) 계곡은 일 년 내내 햇빛 한 점 들어오지 않는 음습한 대지다.

자연적으로 온갖 것들이 부패하며 내뿜는 독기와 그것에 꼬여든 다양한 독물과 독충들의 세상이다. 만장애 자체가 절지이거니와 능히 접근을 했다고 할지라도 차마 그 음습하고도 끔찍한 대지 안으로는 들어가고 싶지 않을 터다.

그러나 세상은 늘 예외적인 경우가 있는 법! 독을 다루거나 독공을 수련하는 이들에게 그곳은 천하에 다시없는 보고(寶庫)이자 성지(聖地)다.

독마존에게도 마찬가지다. 그는 수십 년 전까지 이미 몇 차례나 그곳을 탐사해 본 바가 있고, 그때마다 그가 미처 알지 못했던 독물들을 새롭게 발견할 수 있지 않을까 하는 기대와 들뜸을 느끼곤 했다.

미청년

독마존이 계곡의 입구를 지나 제법 깊숙한 곳까지 들어갔을 때다. 그는 문득 전면에 한 사람이 서 있는 걸 발견한다.

흑의 무복을 걸친 청년인데 첫인상부터가 사뭇 독특하다. 하긴 보통 사람으로서는 접근할 수조차 없는 절지이자 온갖 독기와 독물로 가득한 독지 깊숙한 곳에 태연하게 서 있다는 것만으로도 충분히 독특하다고 해야겠지만!

우선 용모부터가 독특하다. 청년이라기보다는 미소년이다. 만약 여장을 한다면 당장에 절세 미모의 여인으로 쉽게 착각하겠다 싶을 만큼 아름다운 용모를 지녔다. 그런 중에 문득 낯이 익다는 느낌이 드는 것은 그 아름다움이 그가 이태까지 보아왔던 당대의 절세 미녀들의 전형에 가까워서일까? 그러나 다시 그런 중에 아름다운 얼굴과는 사뭇 대조적으로 강한 느낌을 주는 눈빛과, 또 갑작스러운 그의 출현에도 조금도 흔들림이 없는 대범한 태도에서는 괜한 착각과 익숙함을 피할 수는 있겠다.

독특하다고 하는 것은 미청년의 옷차림에서도 그렇다. 무복의 허리를 묶지 않아서 전체적으로 몸의 윤곽은 풍성하고 펑퍼짐한 중에, 양쪽 소매 끝과 또 양쪽 발목의 바짓가랑이를 끈으로 바짝 다잡아 묶은 모습이다.

더하여 흑의 무복의 위에다 걸쳐 입은 얇고 하늘거리는 겉옷은 마치 여인네의 잠옷 같아서 사뭇 이상하게 비치는 데도 있다. 물론 독마존의 박대(博大)한 식견으로야 그것이 천잠사로 된 것이란 걸 대번에 알아보았으니, 미청년의 독특함이 더해지는 것이지만!

그러나 그의 흥미를 가장 크게 끄는 것은 역시, 그를 이곳까지 이끈 예의 그 향취가 바로 미청년으로부터 비롯되고 있다는 점이 이제 확연하다는 점이다.

착오

"아이야! 너는 누구냐? 왜 이곳에 있는 것이냐?"

독마존이 담담하게 묻지만 그 목소리에서는 감추지 못한 흥미와 호기심이 가득하다.

그러나 미청년은 대답하지 않고 빙그레 웃기만 한다. 그러더니 다음 순간 돌연히 일장을 발출한다.

"어~엇?"

독마존이 가볍게 경호성을 뱉지만 막상은 조금도 움직이지 않은 채다. 그런데도 미청년이 쳐낸 그 일장의 경력은 독마존에게 미처 닿기도 전에 허공중에서 가볍게 흩어지고 만다. 독마존의 능력이 어떠한지를 간단히 짐작할 수 있는 광경이다.

뿐더러 그 가벼운 일격만으로도 독마존은 미청년의 내력수준을 거의 정확하게 평가해 낸다. 제법이다. 그 나이에 비해서는 놀랍다고 할 만하다. 그러나 감히 그에게 도발을 하기에는 까마득히 부족하여 가소로운 정도에 불과하다.

미청년은 물론 김강한이다. 다만 그는 진소벽의 얼굴에 약간의 변화를 준 상태다. 천환묘결을 발휘해서 아주 약간의 남성성을 부여해 본 것이다. 어디까지나 그의 괜한 충동에 따라서다.

물론 큰 변화를 줄 수는 없는 노릇이다. 어쨌든 구대마존을 한데 모이도록 하기 위한 미끼인 바에는 진소벽의 모습이어야 하는 때문이다. 그럼에도 지금 독마존이 대번에 진소벽을 알아보지 못하는 것은 아마 그 약간의 변용만으로 그의 본래 기질이 제법 짙게 녹아든 때문도 있겠지만, 무엇보다도 독마존의 지금 관심이 온통 천멸로만 집중되어 있기 때문이지 싶다.

어쨌거나 독마존을 충동시키고 부딪쳐서 그 충격과 자극으로 최대한 내단을 용해시킨다는 것이 그의 계산인데, 무언가 착오가 발생하고 있다. 독마존이 압도적인 내력의 우위로 그의 공세를 간단히 무산시켜 버릴 뿐 정면으로 대응을 해주지 않고 있는 것이다.

믿는 구석

[스테로이드성 알칼로이드 계통의 생체 독성물질이 감지됩

니다. 중독될 경우 신경의 마비로 인한 호흡부전과 심장마비로 사망에 이를 수 있습니다!]

능이의 경고다. 물론 독마존의 독공에 대한 것일 터다. 또한 그런 데서 독마존은 김강한이 의도한 바의 무공을 쓸 생각은 없이 처음부터 독공을 풀기로 한 모양인데, 역시 그가 오로지 천멸에만 매료되어 있는 때문이리라!

상대가 독마존인 만큼 김강한이 또한 독에 대해서 전혀 예상을 하지 않고 있는 것은 아니다. 다만 그에게는 믿는 구석이 있기에 따로 대응책을 마련하지는 않았다.

바로 천멸이다. 미약하지만 어쨌든 지상에서 가장 강하고 위대한 독이라고 하는 그것을 그의 것으로 만든 바 있으니, 다른 어떤 독에 대해서라도 결코 만만치 않은 면역성 같은 것을 가지고 있을 것이리라는 믿음이다. 그러나 한순간,

'음……!'

김강한은 아찔한 현기증을 느낀다. 능이가 경고했던 독이 작용하는 것이리라! 역시 '결코 만만치 않은 면역성 같은 것을 가지고 있을 것'이라고 믿기에는 지금 그에게 있는 천멸의 기운이 너무 미약한 것일까?

중독 증세는 한차례의 현기증으로 그치지 않는다. 곧이어 그의 손과 팔뚝이 거무튀튀한 색으로 물들어가고 있다. 당혹스럽다. 그가 천멸의 면역성보다도 더욱 크게 기대고 있던 또

다른 믿음마저도 이렇게 간단히 허물어지고 마는가 싶다. 금강불괴 말이다. 금강불괴라면 의당 독에 대해서도 불괴일 것이라는, 당연히 불괴여야 한다는 믿음이다.

그러나 그의 당혹과 불안은 이내 안도로 바뀐다. 현기증은 이미 사라졌고 변색되었던 손과 팔뚝의 피부도 원래의 색으로 되돌아오고 있다. 그러고는 크게 이상 증세라고 할 것이 더는 생기지 않는다. 역시! 과연 금강불괴다.

뜻밖의 쓰임새

독마존은 이채를 떠올린다. 그가 비록 가볍게 독공을 펼쳤지만 그런 정도만으로도 아직 상승의 경지에는 이르지 못한 미청년의 내공으로는 저렇듯이 간단히 버텨낼 수 있는 것이 아니다. 역시 예의 그 미상의 독과 연관된 무언가가 있는 것이리라! 독마존은 독공의 정도를 조금 더 높여보기로 한다.

그런데 그때쯤 문득 이채롭기는 김강한도 마찬가지다. 원래 천멸은 어디까지나 독마존을 유인하기 위한 수단으로 사용하겠다는 생각이었을 뿐이다. 그런데 지금 그 천멸이 전혀 뜻밖의 쓰임새를 보이고 있는 중이다.

우선 천멸은 금강불괴의 공능과는 별개로 그것 자체로 독마존의 독공에 의한 독성을 누르면서 점차 지배해 가고 있다.

그가 처음에 천멸에 대해 가졌던 바의 '결코 만만치 않은 면역성 같은 것을 가지고 있을 것'이라는 믿음이 결국에는 옳았던 것이다.

그런데 그게 다가 아니다. 정작으로 놀라운 일이 뒤따른다. 바로 천멸이 급속하게 그 기세를 키워가고 있다는 점이다. 마치 독마존의 독공이 내포하고 있는 독기(毒氣)를 불쏘시개로 삼아서 활활 타오른다고 할까?

그리고 기운이 성한 천멸은 그것 자체로 다시 내단에 강한 자극으로 작용을 하고 있다. 그런 덕에 내단이 빠르게 용해되기 시작하고 그것은 곧바로 내력으로 승화되며 외단을 강화시킨다. 김강한으로서는 미처 생각하지 못했던 일이다.

뿐더러 그것은 그가 이곳 세상에 와서 접했던 그 어떤 자극과 충격보다도 그에게 더 큰 이득을 주는 중이며, 그러한 것은 그가 독마존과 물리적 격돌을 벌이는 것보다도 훨씬 더 빠르고 효과적이라고 할 수 있겠다.

그리하여 독마존이 계속해서 좀 더 강하게 독공을 펼쳐주면 좋겠는데, 다만 능이의 별도 외단에 포함되어 온 천멸의 기운이 애초에 워낙 미미했기에 그 기세를 본격적으로 불려 나가는 데는 좀 더 시간이 필요할 것 같다는 점에서는 그의 마음이 조급해진다.

지독(至毒)

김강한의 몸에 엷은 노을빛의 광채가 서리고 있다. 천멸이 7성(七成)에 이른 데 따른 것이다.

독마존은 이윽고 당황하고 만다. 스스로의 호기심과 흥미를 충족시키는 사이에 어느덧 상황이 엄중해져 가고 있는 때문이다. 기껏 가소로울 정도이던 미청년의 내공이 급속도로 성장하고 있다. 물론 여전히 그가 위협을 느낄 정도는 아니다. 그러나 그 성장의 연유를 그가 짐작조차 하지 못한다는 데서는 경계감이 생기지 않을 수 없다.

특히 상황이 엄중해져 가고 있다는 것은 예의 그 미상의 독에 대해서다. 지금 미청년에게서 비치는 저 노을빛의 광채가 말해주듯이 그 미상의 독은 어느 순간부터 최상의 독. 즉, 지독(至毒)으로 승화되어 가는 징조를 드러내고 있는 것이다.

그러는 사이에 노을빛 광채는 더욱 짙어져 서서히 핏빛을 띠기 시작한다. 천멸이 이윽고 8성(八成)을 지나 9성(九成)에 달하는 징조이다. 독마존의 당황과 경계는 이윽고 강한 불안으로까지 치닫는다.

독마존이 문득 독공을 거두려 하는 낌새에서는 김강한이 이것저것 가릴 여유가 없으니 한순간 전력을 다해 천멸을 운용한다. 그러자 이제 제법 세력을 갖춘 천멸이 사뭇 맹렬하게 독마존의 독공을 끌어당기기 시작한다. 독공 속에 내포된 독을 흡수하는 것이다.

독마존이 대경실색하여 그 소름 끼치는 흡인력을 떨치려 한다. 그러나 그것은 무형의 강력한 흡반(吸盤)이라도 달린 것처럼 강력하게 밀착이 되어서 도무지 떨쳐지지가 않는다.

이윽고 김강한을 둘러싼 노을빛 광채가 완연한 핏빛으로 화한다. 천멸의 10성(十成) 경지다. 독마존은 이제 온 전력을 다하고 있다. 그러나 그의 독공이 강렬해질수록 천멸은 오히려 맹렬하게 호응하며 급속하게 그 세를 키워 나간다.

멈춰!

김강한은 욕심이 생긴다. 이대로 천멸의 성장이 계속되면 이제 곧 입마(入魔)의 단계로 들어설 것이다.

자의지(自意志)로는 통제할 수 없는 마성(魔性)의 지배를 받게 되며, 그리하여 마침내는 스스로를 파멸로 몰아가고야 마는 마(魔)의 영역! 그러나 그것은 막상 그와는 무관한 일일 것이다. 천멸과 관련된 모든 것은 어차피 그의 뇌단 안에서만 벌어지는 것이니 말이다. 그럼으로써 적어도 마성의 지배를 받는 일은 없을 것이다.

핏빛 광채가 문득 녹광(綠光)으로 변하며 투명의 광휘를 뿜어낸다. 천멸의 11성(十一成) 경지다.

파츠츠~츳!

녹광의 광휘에 닿은 모든 것이 녹고 있다.

지면의 모래와 흙과 작은 돌조각들조차도 그대로 녹아내리며 마치 용암처럼 부글부글 끓어오르는 작은 용탕들을 이루고 있다.

이윽고 외단 안에서는 작은 폭발들이 일어난다. 응축된 독기정화(毒氣精華)의 연쇄적인 폭발이다. 폭발이 맹렬해진다. 이윽고 폭주의 시작이다.

천멸의 녹광은 다시 투명의 백광(白光)으로 화하며, 엄청난 극열과 눈부신 광채를 폭사해 낸다. 천멸은 마침내 12성(十二成)의 경지에 도달하기 직전이다. 그때다.

[멈춰!]

한 가닥 나직하나 명징한 외침이 울린다. 진소벽이다. 그리고 김강한은 천멸의 12성 정점 바로 직전에서 폭주를 멈춘다.

구우우~웅!

그를 둘러싼 사방의 공간이 무거운 진동을 일으키는 중에,

파아~앙!

독마존의 신형이 벼락같이 튕겨져 나간다. 그러고는 그대로 한 점으로 화해 사라지고 있다.

멈췄어야만 하는 이유

"후우~우!"

김강한은 아쉬운 한숨을 불어 내쉰다.

내단은 이제 절반 이상의 용해도를 보이고 있다. 잠시 동안에 거둔 엄청난 성과다.

그럼에도 아쉬운 것은 만약 폭주를 멈추지 않고 그대로 천멸의 12성 경지로 치달아 그것의 대폭발까지가 이루어졌다면 어쩌면 내단의 거의 대부분을 용해시키면서 보다 획기적인 내력의 진전을 이루었을 것이라는 점 때문이다.

그러나 진소벽의 경고가 없었더라도 그 지점에서 멈췄어야 하는 이유는 분명하다. 구대마존의 한 사람이라도 상하게 해서 그들의 합공 능력을 손상시켜서는 안 되는 까닭이다. 어쨌든 최종적으로는 그들 모두의 최대 전력이 필요하니 말이다.

집결

아홉 명이 만장애 위에 올라 있다. 구대마존이다. 삼십 년 만에 그들이 다시 한자리에 모인 것이다.

그러나 모두는 인사말을 건네는 것은 고사하고 눈길조차 마주치지 않는다. 분위기는 건조하고 냉랭하기까지 하다.

그들의 관계는 원래 그랬다.

그들 각자는 독특한 개성과 고집스러운 성격들을 지닌 데다 특히 자신들이 일생을 걸고 매진해 온 분야에서만큼은 자신들을 능가하는 존재를 결코 용납하지 못하는 배타적 자존자부(自尊自負)의 인물들이다.

삼십 년 전에도 그랬다.

당시 강호무림에서 그들이 각자의 분야에서 가히 독보강호의 기세로 군림하고 있던 중에 만약 진소벽이라는 초월적인 존재가 갑작스레 등장하지 않았다면 그들이 힘을 합치는 일은 결코 일어나지 않았을 것이다.

의혹과 경계심

다만 그럼에도 지금 그들이 공통적으로 관심을 보이는 것이 한 가지 있기는 하다. 바로 사라졌던 괴마존의 등장에 대해서다.

무지막지한 내공 괴물! 내공에 한해서만큼은 당대의 최강자를 넘어 고금의 절대 강자로 나머지 구대마존 모두가 공히 인정하지 않을 수 없었던 인물! 그러나 오로지 내공 한길로만 치달려서 이윽고 내공의 궁극지경에 도달했으나, 결국에는 광인이 되어 천하를 대혼란에 빠뜨리다가 홀연히 자취도 없이 사라진 인물!

그 괴마존이 삼십 년 만에 모습을 드러낸 것이다. 더욱이 그가 지금 마치 주인을 모시는 종처럼 순종적인 느낌으로 심마존의 곁을 지키고 있다는 데서는, 나머지 구대마존들이 의혹과 나아가 경계심을 가지지 않을 수 없다.

그러나 모두의 시선이 자신에게로 집중되는 중에도 심마존은 특유의 담담한 미소만 머금을 뿐 아무런 설명도 해명도 하지 않는다. 괴마존이 유사 이래 누구도 가져본 적이 없는 내공의 경지에 도달해 금강불괴와 불사지체를 이루었으나 결국 정신과 심령의 주화입마를 당하여 광인이 되고 말았다는 것과, 그의 어심파로 괴마존의 마지막 남은 인간으로서의 심성을 아예 완전히 제거해 버림으로써 무의식, 무감정의 다만 맹목적인 생명체로 자신에게 종속을 시켜 버린 것에 대해!

그런 결과는 결코 일어나지 않았을 것

"노부는 오늘 여기 오지 않으려고 했었지만, 결국 이렇게 오게 되었소. 그리고 그대들 중에서도 두셋 정도는 나와 같은 마음에서 이곳에 올 것이라고 생각을 했으나, 이렇게 모두 다가 모일 줄은 미처 몰랐소."

검마존이다. 구대마존 중에서도 가장 배타적이고 고고한

자부심의 소유자다. 그의 말에 대해서는 나머지 구대마존들이 모두 반응하지 않는 중에,

"훙!"

검마존이 스스로의 심정을 토로하는 듯이 나직이 냉소하고 나서 말을 계속한다.

"삼십 년 전의 그 일은 노부 평생의 유일한 수치였거니와, 그 승부의 결과에 대해서 노부는 결코 인정하지 않소. 분명 무슨 음모와 내막이 있었던 것인데, 그때 우리가 너무 방심하고 자만하여 어이없게도 수치를 당하고 말았던 것이오. 만약 그렇지 않고 제대로 격식을 갖추고 온전한 능력을 다한 승부였다면, 천 번 만 번을 고쳐 생각해 봐도 결코 그런 결과는 일어나지 않았을 것이오."

검마존이 새삼 치솟는 분개를 추스르듯이 잠시 말을 끊고 난 다음에 다시 말을 이어나간다.

"노부의 생각은 분명하오. 진소벽 그녀가 아무리 대단하다고 해도 기껏 일개 여인일 뿐! 고작 여인 하나를 상대하기 위해 그대들과 다시 손을 잡지는 않을 것이며, 노부 혼자서 그녀를 상대할 것이오. 혹은 만약 그대들 중에서 굳이 노부에 앞서 그녀를 상대하겠다는 이가 있다면 노부는 즉시 이 자리를 떠나도록 하겠소. 그러니, 자! 다들 어떻게 할 것인지 생각들을 밝혀보시오!"

검마존의 그 말에 대해서는 나머지 구대마존들이 당장에는 뭐라고 반응을 내지 못하고 어색한 침묵들만 지키고 있다.

그런 것이야말로

"흠… 흠!"

조금은 어색한 느낌의 헛기침을 하며 말을 꺼내는 것은 독마존이다.

"우리가 예전의 우리가 아니듯이 그녀 또한 예전의 그녀는 아니지 않겠소? 그리고 기왕에 이렇게 모두가 한자리에 모였으니만큼, 우리는 이 일에 보다 신중을 기할 필요가 있다고 생각하오."

그러자 검마존이 당장에 차가운 냉소를 떠올린다.

"그런 말을 하는 것을 보니 혹시 그대는 우리에 앞서 그녀를 먼저 만나보기라도 한 것이오?"

그 말에는 독마존이 흠칫 안색을 굳히고는,

"그대는 무슨 말을 그렇게 하시오?"

지레 버럭 화를 내고 나서 다시 차갑게 말을 보탠다.

"노부가 그렇지 않아도 지난 세월 동안 몇 번이나 당신에게 경고해 두고 싶었던 말인데, 노부는 그대가 감히 유치한 말장난으로 대해도 되는 그런 사람이 아니란 걸 유념해 두는 것이

좋을 것이오."

그런 데 대해 검마존이,

"흐흐흐!"

냉랭한 웃음을 흘리고 나서 날카롭게 되받는다.

"경고? 좋소! 그럼에도 노부가 당신의 그 말을 유념하지 않겠다면? 그럼 어떻게 하겠다는 것이오?"

그렇게 두 사람의 감정이 당장에라도 충돌로 이어질 듯이 격해질 때다.

"잠깐! 두 분은 노부의 말부터 들어보시오!"

차분하면서도 묘하게 사람의 이목을 끌어당기는 그 말은 심마존이 한 것이다. 그가 예의 담담한 미소를 떠올리며 구대마존 모두에게 고루 한 바퀴 시선을 주고 나서 말을 보탠다.

"두 분의 말씀이 다 일리가 있소이다."

그런 데는 검마존이 가볍게 미간을 찌푸리지만 딱히 이의를 제기할 기색으로까지는 보이지 않는데, 그런 그에게 흘깃 시선을 주었다가 거두며 심마존이 다시 말을 이어간다.

"검마존의 말씀대로 삼십 년 전의 그 일에 어떤 음모와 내막이 있었고 또 우리의 방심과 자만이 있었을 수도 있소. 그러나 어쨌든 분명한 것은 우리가 치욕을 당했다는 것이오. 그런데 우리 모두가 이제 죽음을 코앞에 둔 처지에서, 그때의 치욕을 되돌리고 진정한 절대자의 위상을 세울 수 있다면 그것이야말로 우리에게 마지막으로 주어진 소중한 기회이지 않겠소? 물론 다시 한번 말하지만 그때 그녀와의 승부에서 우리는 온전한 능력을 다하지 못했고, 더욱이 그간 여러분들 각자는 무공 연마에 매진하여 제각기의 분야에서 가히 신화경의 경지를 넘어섰음을 알고 있소."

그 대목에서 모두의 얼굴에 문득 자부가 가득해지는 것을 보면서 심마존이 말을 계속해 나간다.

"그러나 지금 우리를 이곳에 오도록 만든 사람이 과연 그때의 그 진소벽이라면? 지난 삼십 년간 우리가 무공에 매진하는 동안 그녀라고 손 놓고 있었을 리는 없을 터! 독마존의 말씀대로 그녀 또한 예전의 그녀는 아닐 것이오. 더욱이 이제 그녀가 스스로를 드러내고 다시 우리를 한자리에 부른 것은 그만큼 충분한 자신감과 승산이 생겼기 때문이라고 봐야 하지 않겠소? 물론 그렇다고 해도 그녀가 감히 우리를 어떻게 해볼 수는 없을 것이지만, 그러나 삼십 년 전의 치욕을 돌이켜 본다면 천려일실(千慮一失)이라 지혜로운 사람이라도 여러 가지 생각 가운데 한 가지쯤은 잘못된 것이 있을 수 있는 법이니 우리가 어찌 한 치의 여지라도 둘 수가 있으며 만전을 기하지 않을 수 있겠소?"

심마존의 입가에 맺힌 웃음기가 조금 더 짙어진다. 그리고 그의 간략한 중재와 설득에는 누구도 이의를 다는 이가 없는

데, 그의 얘기가 아무리 분명하고 옳다고 해도 저마다 독특하다 못해 아집이라고 해야 할 만큼의 개성과 성격을 지닌 구대마존 모두가 그것에 대해 이처럼 한마음으로 수긍하고 간단히 공감을 이루는 것은 오히려 이상하다고 할 수도 있겠다.

그러나 그런 것이야말로 심마존이 이렇다 할 독문의 무공이 없이도 능히 구대마존의 수위(首位)로 공인받고 있는 이유라고 할 것이다.

등장

파아~앗!

만장애 아래에서 한 줄기 신형이 쾌속하게 쏘아져 올라온다. 그리고 허공 오 장 정도까지 치솟았다가 천천히 아래로 떨어진다.

대단한 경공 수법이다. 그러나 당대의 절대자들인 구대마존들에게야 흥미로울 정도이지 놀랄 광경은 아니라고 할 것인데, 유독 경악을 감추지 못하는 한 사람이 있다. 바로 영마존(影魔尊)이다. 만장애 아래에서 솟구쳐 올라온 인물의 경공 수법이 바로 그의 천공행결임을 곧바로 알아본 까닭이다.

그리고 영마존의 대경실색 때문에라도 나머지 구대마존들이 뒤이어 묘한 기색들로 되는데, 마침 그때 새로이 등장한 그

인물이 그들과 삼 장 정도의 거리를 두고 내려서는 바람에 모두의 이목은 그쪽으로 향한다.

김강한이다. 물론 구대마존에게는 진소벽이다. 지금 김강한의 얼굴은 원래의 진소벽의 것으로 돌아가 있다. 그런 덕에 구대마존 모두는 곧바로 그녀를 알아본다. 다만 그들은 그녀와의 재회를 미리 염두에 두고 있었음에도 막상 그녀의 실제 등장과 또 삼십 년 전과 조금도 변하지 않은 그녀의 용모에는 놀라움을 금치 못하는 기색들이다.

그런 중에서도 독마존의 놀라움은 특히 더하다. 만장애 아래 무저 계곡에서 조우했던 그 미청년이 바로 진소벽이었다는 최종의 확인 때문이리라—김강한이 여장의 옷차림으로 돌아가는 것만큼은 극구 거부한 덕에 독마존의 그런 확인은 한층 용이하다—!

불신

심마존은 진소벽을 향해 가볍게 미소를 짓는다. 그가 구대마존 모두에게 공언한 바대로 한 치의 여지라도 두지 않고 만전을 기하기 위해 처음부터 어심파를 운용하는 것이다.

김강한이 또한 담담하게 미소를 떠올린다. 그런데 그의 미소에 대해 문득 경악하는 것은 요마존이다. 김강한의 그 미소에 천락비결상의 요결이 녹아 있음을 즉각 알아본 때문이다. 그리고 뒤이어 심마존과 나머지 구대마존도 그러한 사실을 알아챘다.

그런데 다시 그때다. 김강한의 얼굴이 아주 미세하면서도 미묘한 변화를 일으킨다. 이번에는 독마존의 얼굴이 당장에 굳어지고 만다. 그에게 익숙한 얼굴, 바로 만장애 아래에서 만났던 그 미청년의 모습인 까닭이다. 그러나 이번에 가장 놀란 이는 바로 밀마존이다. 그것이 바로 천환묘결에 의한 것임을 대번에 알아볼 수 있었으므로!

구대마존은 각자의 분야에서 그야말로 고금 역사상 가장 강한 경지에 다다랐다. 만약 그들이 동시대에 나지 않고 각기 다른 시대에 태어났더라면 각자의 무공으로 능히 독보천하 했을 것이다. 한편으로 그들의 무공은 각자가 타고난 특이한 재질과 독특한 재능에 기초한 것이다. 그런 만큼 방금 진소벽이 시위라도 하듯이 차례로 펼쳐 보인 그 세 가지 무공의 비결을 어떻게 얻을 수는 있었다고 해도, 그것을 실제로 활용할 수 있는 수준으로 익혀내는 것은 사실상 불가능하다고 해야 할 것이다. 다시 그런 점에서 그 세 가지 무공의 원주인들인 영마존과 요마존 그리고 밀마존은 크게 경악하고, 나머지 구대마존들은 그 안의 내막에 대해 의심하지 않을 수 없다.

구대마존 간의 불신! 그것이야말로 김강한이 의도하고 있는 바이다.

예전보다 약해졌다

"갈(喝)!"

검마존이 일갈하며 김강한을 향해 성큼 한 걸음을 내딛는다. 그런 그의 손에는 언제 뽑아 들었는지 한 자루의 장검이 들려 있고 그 검극이 김강한의 인후를 겨누고 있다.

그런 데 대해서 다른 구대마존들은 오히려 한 걸음씩을 물러선다. 검마존이 이미 호언한 바도 있거니와, 더욱이 새로이 생긴 서로 간의 의심과 불신 때문에라도 당장에는 개입할 의사가 없음을 표시하는 것이리라!

단지 겨누는 것만으로 이미 검마존의 공격은 시작되었다. 무형의 기세다. 육신이 아닌 정신을 쪼개드는! 김강한이 예전 검마에게서 경험해 본 바 있는 바로 그것이다.

김강한은 그냥 버티고만 있을 뿐이다. 검도 없다. 천지무쌍도가 있으나 한 뼘 남짓의 그것으로 장검에 맞설 엄두를 내기는 어렵다. 사실은 선공을 취할 까닭도 없는 것이지만!

다만 검마존의 무형 기세가 주는 공포와 정신의 파괴에 대해서는 김강한이 이미 극복해 본 바가 있다. 그리고 그러한 극복이 역시 정신적인 영역이기에 지금 다른 육체의 그에게도 여전히 적용이 되는 측면은 있다.

우우~웅!

한순간 검마존이 성큼 거리를 좁혀들면서 그의 검이 나직한 저음의 웅장한 울림을 토해내더니 곧장 눈부신 백광으로 뒤덮인다. 검강이다. 이어 검마존의 검이 좌상방(左上方)에서부터 우하방(右下方)으로 대각선의 궤적으로 공간을 베어 온다. 빠르지 않다. 그러나 검의 궤적을 따라서는 그야말로 공간이 갈라지고 있다.

서거~걱!

외단이 성큼 베어져 나간다. 이어,

카가가~강!

금강불괴의 육체가 검을 맞으며 엄청난 충격이 내부로 파고드는 데는 김강한이 여지없이,

주르~륵!

뒤로 대여섯 걸음이나 튕기듯이 밀려나고 만다. 그런 결과에는 검마존이 오히려 당황스러운 기색을 비친다. 예전보다 약해졌다. 그것도 형편없이! 진소벽의 무위(武威) 말이다.

한편 김강한에게 다행이랄 것은 외단에서 일차적으로 기세를 죽인 덕인지 검마존의 검강이 그의 금강불괴지체까지는 손상시키지 못했다는 것이다. 그리고 그 충격은 그의 내부로 전해지며 다시 내단의 상당 부분이 용해되었고, 새로운 내력의 수습으로 갈라졌던 외단이 이내 복구되었을뿐더러 한층

더 강화가 되었다.

김강한은 물러났던 만큼의 거리를 성큼성큼 다시 되짚어간다. 와중에도 천공행결의 보결이다.

속수무책

위~이이~잉!

검마존의 검이 격렬한 울음소리를 토해낸다. 그는 이윽고 전력을 다하고 있다. 모든 내공이 일시에 검으로 쏟아져 들어가면서 검극에는 한 무더기의 눈부신 백광이 맺힌다. 곧, 검강의 응축이며 정화다. 그리고 다음 한 순간,

팟!

검마존의 검이 그야말로 전광석화처럼 김강한을 향해 찔러든다. 그 돌연함과 엄청난 속도는 김강한이 어떻게 피할 엄두조차 내볼 수가 없을 지경이다. 물론 피할 생각이야 처음부터 없었던 것이지만!

그런데 그때다. 검마존의 검극이 김강한에게서 손가락 두세 마디쯤의 간극을 두고는 우뚝 멈춰 서더니, 그것에 맺혀 있던 그 한 무더기의 눈부신 백광이 빛의 속도로 쏘아져서는 그대로 김강한에게 박혀든다.

탕~!

마치 총성과도 같은 격렬한 소리가 울린다. 그리고 다시,

파르르~릉!

검마존의 검극이 맹렬한 진동을 일으켜 내면서 눈부신 백광의 무더기들을 폭사해 낸다.

타다다다~당!

굉렬한 소리가 터져 나온다. 마치 난사된 수십 수백의 총탄이 강철 벽에 부딪치면서 내는 소리 같다. 그런데 이런 일련의 상황은 마치 데자뷔 같다. 역시 김강한이 이미 검마에게서 경험해 본 바 있는 수법인 까닭이다. 다만 그 위력은 감히 비교할 수 없으리만치 다르다. 검마의 그것이 검기의 난사였다면 지금 검마존의 이것은 검강의 난사다.

검강의 탄환들은 김강한의 외단을 무수히 관통하며 그대로 그의 금강불괴지체를 타격한다. 김강한은 엄청난 충격 속에 주춤거리며 밀려난다. 속수무책이다. 당장에 전신이 벌집으로 난자되지 않는 게 이상할 정도다.

다만 그런 순간순간에도 김강한의 내단은 계속 용해되고 있다. 그리고 거기에서 오는 내력의 폭증으로 그는 점점 더 검마존의 공격을 받을 만해진다. 그러니 굳이 반격을 할 이유는 조금도 없는 것이고, 그저 주춤주춤 계속 물러나며 온몸으로 충격을 받아들인다.

화마존과 암마존이 눈빛을 마주친다.

그들 두 사람은 마침 김강한이 물러나는 쪽에 서 있는 중이다. 그들도 진소벽이 생각했던 것보다 형편없이 약하다는 데 대해서는 강한 의혹을 가지고 있다. 그러나 그런 의혹은 뒤로 미루어놓아도 되는 것이리라! 진소벽의 약세를 확인한 만큼 일단은 그녀를 제거하는 것이 우선이리라!

콰~쾅!

김강한의 등판에 작렬하는 네 줄기 강맹 무비의 장력(掌力)은 가히 장력으로 만들어낸 강기. 즉, 장강이라 할 만하다. 그리고 때맞추어 호응이라도 하듯이,

타다다다~당!

김강한의 가슴에 검마존의 검강 탄환들이 사정없이 작렬한다. 앞뒤의 엄청난 충격에 김강한의 몸이 사선(斜線)의 방향으로 튕겨져 나가서는 땅바닥을 구른다.

그리고 겨우 뒹굴기를 멈추어 한쪽 무릎을 꿇은 자세로 몸을 세우는 김강한의 입과 코에서 검붉은 핏덩이들이 뿜어져 나오고 있다. 내상(內傷)이다. 아무리 금강불괴지체라고 해도 구대마존 중 세 사람의 전력 합공에 담긴 거대한 충격에는 심각한 내상을 입고 만 것이다.

도박

진소벽은 이윽고 확신한다.

과연 구대마존의 무위는 예전과 비교하기 어려울 만큼 대단한 진전을 이루었다. 그들 중 셋의 합공이 이런 정도일진대 그들 아홉이 합공을 했을 때의 위력이 어떠하리라는 것은 감히 짐작조차 해보기 어려울 정도다. 더욱이 그 뒤에 또 남은 것이 있다. 바로 심마의 진법이다. 그것이 더해진 구대마존의 합공은 다시 몇 배의 위력을 배가시키는 것이다.

그 최후의 격돌이 펼쳐지기 전에 내단의 완전한 용해를 이루어야만 한다. 구대마존 간의 의심과 불신을 키우는 작업을 한 것도 그런 목적에서다. 그럼으로써 그들의 힘을 그녀의 금강불괴지체가 수용할 수 있는 한계 내에서 단계적으로 이끌어내고, 다시 그런 데서 단계적으로 내단을 용해시켜 나간다는 심산이었다. 사실은 도박이라고 해야 할 것이지만 다른 선택의 여지는 없었다.

다행히도 그녀의 심산과 도박이 아직까지는 큰 차질 없이 진행이 되고 있는 중이다. 구대마존 중 셋의 전력 합공에 비록 심각한 내상을 입긴 했지만 대신 내단은 이제 칠 할 이상의 용해를 이루었다. 덕분으로 내상은 빠르게 치유되고 있는 중이고, 더불어서 짧은 시간 내에 누구도 상상할 수 없는 정도의 폭발적인 내력 증진이 이루어지고 있다.

그녀에게 무슨 내막이 있다

콰~쾅!

타다다다~당!

장강과 무수한 검강 탄환들이 다시 한번 김강한에게 작렬한다.

그러나 이번에 김강한은 충격의 순간에 한 걸음을 밀려났으나 휘청거리지도 않고 곧바로 몸을 버텨 세운다. 구대마존 중 셋의 전력 합공에 대해 거의 대등하게 맞부딪친 것이다. 그것도 순전히 육신으로 말이다.

그러한 결과에 대해서는 구대마존 모두가 놀라움을 금치 못하는데 심마존 역시도 담담하던 눈빛에 이채를 떠올리고 있다. 그는 급박하게 돌아가는 상황에서 한 발 물러선 채로 신중하게 지켜보고만 있던 중인데, 이윽고 진소벽에게 무슨 내막이 있다는 것을 눈치챈 것이다.

진소벽은 지금 예전의 능력이 아니다. 그러나 그들과의 격돌을 수단으로 삼아서 엄청나게 빠른 속도로 능력을 회복해 가고 있는 중이다. 그렇다면 그녀가 예전 능력을 다 회복하기

전에 서둘러서 싹을 잘라야만 한다.

그들로서는 실감할 수 없는 것

"천망(天網)을 펼칠 것이오!"

심마존의 그 외침이 느닷없으면서도 사뭇 일방적이라는 데서 다른 구대마존들이 잠시 당황의 기미를 보인다. 그러나 뒤이어 심마존이,

"모두 각자의 방위를 점하시오!"

하고 확연한 명령조의 외침을 보태자, 다른 구대마존들은 동시이다시피 자신들에게 할당된 방위로 몸을 날린다. 그리고 빠르게 진법을 구축한다.

구대마존이 각자 차지한 방위는 이미 삼십 년 전에 한 번 할당된 바가 있는 것인데, 그들은 이번에도 자신들의 그런 순순함이 진소벽에 대한 경계감과 우려 때문이라고 생각할 것이다. 그러나 거기에는 그들로서는 실감할 수 없는 것이지만 어심파가 작용하고 있다. 특히나 괴마존의 무적 내공에 기반한 지금의 어심파는 삼십 년 전과는 비교할 수 없이 강력하다.

천망(天網)

이읏고 천망이 구축되었다. 그 어떤 강력한 힘이나 교묘한 수단으로도 벗어날 수 없는 하늘과 땅의 그물! 그 거대하고도 오묘한 진법의 원형이 펼쳐진 것이다.

진의 중심축에 위치한 심마존은 뿌듯한 자부를 느껴본다.

지금의 천망은 삼십 년 전과는 다르다. 바로 그와 함께 진의 중심에 선 괴마존 때문이다. 괴마존의 무궁무진한 내력을 중심으로 천망은 재설계되었고, 그리하여 진은 삼십 년 전과는 비교할 수 없으리만치 한층 더 강력하고 완벽하게 변모했다. 그 위력을 굳이 수치화하자면 과거에 비해 적어도 두 배 이상일 것이다.

그는 자부할 수 있다. 일단 천망에 갇힌 이상에는 그 어떤 강력한 존재도 그 안에서 견딜 수도 빠져나갈 수도 없다. 결코! 설령 신이라고 해도!

설마

천망의 염정좌(廉貞座)를 점하고 있는 요마존은 문득 가슴이 뛰는 바람에 설핏 당혹스러워지는 중이다. 같은 여자에게, 그것도 그녀에게 필생의 수치를 안겨준 진소벽에게 끌리는 듯한 이런 느낌이란……?

다음 순간 그녀는 화들짝 놀라고 만다. 천락비결이다. 진소벽의 미소에 천락비결상의 요결이 녹아 있음은 그녀가 진즉에 알아본 바다. 더욱이 그녀야말로 천락비결을 창안한 장본인이 아닌가? 그런 터에 감히 천락비결로는 그녀를 농락할 수 없다. 그러나 지금 가슴 떨림이 점점 더 고조되고 더하여 내심에 슬금슬금 쾌락의 전조가 시작되고 있다는 데서 그녀는 이윽고 한 가지 경악스러운 상상을 해보지 않을 수 없는 것이다.

'설마……? 설마 천락천유정경이란 말인가? 하지만 도대체 어떻게 그런……?'

요마존이 이처럼 내심의 변화에 얼마간이라도 마음을 할애할 수 있는 것은 그녀가 어심파에 대해 어느 정도까지는 저항력을 가지고 있는 때문이다. 천락비결이 가지는 어심파와 유사한 측면의 공능 덕이다.

아주 약간의 여지

"발(發)!"

심마존의 외침이 있고, 마침내 천망이 발동된다.

"파(破)!"

심마존은 곧바로 천망의 최고 단계를 명한다. 그럼으로써 각 방위(方位)를 점한 구대마존들은 단숨에 십이 성의 전력을 쏟아낸다.

다만 한 사람, 요마존은 약간의 여지를 준다. 십이 성이 아닌 십일 성! 다만 그 정도의, 아주 약간의 여지일 뿐이다.

콰~앙!

천망이 일으켜 낸 거력이 한 점으로 집중되며 엄청난 굉음이 터진다. 그리고 만장애 전체가 뒤흔들리는 중에,

"크으~윽!"

김강한은 무거운 비명을 뱉으며 입과 코로 핏줄기를 뿜어낸다. 다시 내상을 입고 만 것인데 내상의 정도가 좀 전보다 더욱 엄중하다. 그러나 막상 그의 몸은 그 자리에 못 박힌 듯이 꼿꼿하게 버텨 서 있다. 그런 것은 그의 자의가 아니다. 사방에서 거악(巨嶽)처럼 그의 몸을 압박하는 거력들에 의해서다.

완전 용해

심마존은 격노하고 만다.

방금 공세에서 천망은 최고의 위력을 발휘하지 못했다. 만약 그랬다면 능히 진소벽을 분쇄할 수 있었을 것이다.

염정좌(廉貞座)의 요마존 때문이다. 그녀가 뜻밖의 일탈을 범한 것이다. 그것이 비록 그녀가 지키는 방위만으로 볼 때는

그 세를 약화시키는 정도가 아주 미미한 정도에 불과해서, 그녀는 아마도 가볍게 생각했을 것이다. 그러나 그것은 그녀가 생각했던 것보다 훨씬 더 큰 파급을 일으켰다. 그녀로 인해 천망 전체의 균형에 부조화가 생겨 버렸고, 그리하여 천망의 위력이 그 최고 수준의 팔 할 정도밖에 발휘되지 못한 것이다.

그러나 그것뿐이었다면 심마존은 차라리 구대마존들 간의 의심과 경계 그리고 그들 각자의 이해타산과 의중에 대해 좀 더 치밀하게 살피고 심산에 두지 못했던 스스로에 대해 책임을 돌렸을 것이다. 그리고 어쨌든 엄중한 내상을 입은 진소벽의 숨통을 완전히 끊어놓기 위한 다음의 조치를 서둘렀을 것이다.

그런데 그가 지금 격노를 억제하지 못하는 것은 진소벽 때문이다.

피 묻은 입가에 가볍게 떠올려 놓고 있는 그녀의 한 가닥 미소 때문이다. 그 미소에서 심마존은 마치 우롱당하는 듯한 모욕을 느낀다.

그러나 진소벽의 그 미소는 마침내 내단이 완전히 녹아서 그녀의 원래 능력을 회복한 데서 기인한 것으로, 그녀나 김강한으로서도 일부러 의도하지는 않은 희열의 발로(發露)일 뿐이다.

격노는 잠시일 뿐이고 그에게 어울리는 감정도 아니다. 심마존은 곧바로 위기를 느낀다.

진소벽은 이제 예전에 그녀가 가졌던 무위의 수준을 완전히 회복한 것 같다. 삼십 년 전 그녀와의 격돌에서 그를 포함한 구대마존은 각기 수년 이상의 요상(療傷)을 요하는 심각한 내상을 입었었다. 그런 만큼 이제 그들 각자의 무공 능력이 그때에 비해 한층 진전을 이루었다고 하더라도 지금의 재격돌에서 무조건 승리하리라는 확신은 자만이라고 할 것이다.

심마존의 시선이 가볍게 요마존을 향한다. 요마존이 굳은 안색으로 그의 시선을 마주 받는다. 그런 그녀의 눈빛에 자책과 함께 잔뜩 고조된 위기감 그리고 비장한 각오까지가 담겨 있다.

심마존은 가볍게 고개를 끄덕인다. 이어 무거운 일갈이 터진다.

"파(破)!"

쿠쿠쿠쿠~쿵!

이번에야말로 구대마존 모두의 십이 성 전력이 발휘된 강력무비의 힘이 진의 각 방위에서 동시에 폭발하며 측량할 수조차 없는 어마어마한 압력과 파괴력이 일어난다. 그리고 곧장 김강한을 향해 짓쳐들며 그의 외단과 부딪쳐서는,

쩌어어~엉!

굉음을 만들어낸다. 그러나 외단은 곧바로 그 거대하고도 강력한 힘에 압도당하여 그 안에 갇히고 만다. 그런 중에 천망의 거력은 다시 엄청난 가속으로 회전하기 시작한다.

쿠오오오~오!

천망의 내부는 이윽고 절대의 공간으로 화한다. 그 어떤 것도 그 어떤 강력한 존재도 버텨내지 못할 미증유의 거력이 지배하는 공간! 김강한은 기꺼이 그 절대지력(絶對之力)에 부딪쳐 간다. 아니, 오히려 적극적으로 받아들인다.

외단이 마침내 한계에 이르고, 그것 스스로의 근원을 지키기 위한 최후의 선택을 한다. 금강부동공의 자발적 최후 선택! 자폭이다.

버번~쩍!

차라리 소리조차 없는 섬광의 폭발이 있고, 다시 한순간 모든 종류의 힘들은 소멸되고 만다. 무(無)! 찰나의 완전한 공백이다.

제4장
—
궁극

복귀

쿠오오오~오!

그 어떤 강력한 존재도 버텨내지 못할 미증유의 거력이 지배하는 절대의 공간! 그가 기꺼이 그 절대지력(絶對之力)에 부딪쳐 가고, 외단이 마침내 한계에 이르고, 그것 스스로의 근원을 지키기 위한 자발적 최후의 선택으로 자폭을 하고.

버번~쩍!

소리조차 없는 섬광의 폭발이 있고, 모든 종류의 힘들은 소멸되고, 무(無)의 상태에서 찰나의 완전한 공백이 찾아들고!

김강한은 두 개의 광경을 보고 있다. 하나는 심마와의 격돌에서의 최후 광경! 그리고 또 하나는 구대마존과의 격돌에서의 최후 광경이다.

수천 년의 시공간을 격하고 벌어진 그 두 개의 광경이 지금 그의 눈앞에서 마치 하나의 시공간인 것처럼 겹쳐지고 있다.

그리고 다시 한순간 그는 퍼뜩 실감한다. 그 자신의 존재를! 그는 진소벽의 금강불괴지체가 아닌 새로운 육신에 담겨 있다. 바로 그의 본래 육신이다.

그는 원래대로 복귀한 것이다. 원래의 그 자신으로!

인도(引導)

김강한이 심마와 격돌했던 그 마지막 순간의 직후 시점으로 정확히 돌아온 것에 대해서,

'어떻게 된 거지?'

라는 의혹은 그저 피상적일 뿐이다. 그 안에 담긴 내막과 사정들은 그가 짐작을 해볼 수 있는 범주 내에 있다.

역시 능이의 역할이 있었을 것이다. 즉, 능이가 시공간상의 정확한 좌표로 인도를 했으리라는 짐작이다.

나아가 능이의 그런 인도는 그것이 자신의 퍼스트 룰인 그의 원래 육신의 생체 정보를 추적해 온 것일 수도 있고, 혹은 그것의 기반이 되는 별개 외단에 응축된 금강부동공이 그의 원래 육신에 내재된 금강부동공과 감응하여 인도가 되었을 수도 있을 것이다.

누구도 가보지 못한 새로운 영역

김강한은 자신이 이전과 비교하여 엄청나게 강해졌음을 느낀다.

물론 여기서 이전이란 현재 세상의 시점 기준으로는 단지 순간의 차이에 불과하겠고, 시공간을 이동했다가 복귀했다는 측면에서는 수천 년의 시차가 있다고 해야 할 것이다.

어쨌든 그가 그처럼 강해진 연유에 대한 짐작은 사뭇 명료하기까지 하다. 또한 능이에 의해서다.

즉, 시공간 저쪽에서 진소벽의 금강부동공이 최후의 자발적 선택으로 폭발을 일으키고 구대마존이 펼친 천망의 절대지력과 격돌한 직후, 그녀의 내단과 외단이 고스란히 능이의 별개 외단으로 포용이 되어버린 것이다.

물론 기껏 미미한 용량에 불과한 능이의 별개 외단으로 진소벽의 심후하고도 광대한 내외단을 오롯이 포용한다는 것은 불가능하다.

그러나 그것이 찰나에 다시 찰나를 쪼개서 차라리 시간을 초월해 버리는 개념의 순간에 불과했고, 또한 시공간 이쪽으로 복귀한 순간에 즉각 그것들을 김강한의 본래 육신으로 전이시켰기에 가능해졌을 것이다.

그리하여 진소벽이 그녀의 원래 세상에서 일생 동안 수련한 정화가 고스란히 그에게로 전해졌는데, 금강부동공이라는 같은 뿌리를 가지는 두 사람의 내단과 외단은 별 무리랄 것도 없이 쉽게 융화를 이루며 하나로 합해졌다.

김강한은 이제 자신의 힘과 능력이 도대체 어떤 정도에까지 도달해 있는지 스스로도 짐작해 보기 어렵다.

다만 분명한 것은 그가 지금껏 누구도 가보지 못한, 수천 년 전의 절대자들인 구대마존도 가보지 못했고 동시대에서 무의 궁극적 경지를 이룬 전무후무의 초인으로 경외와 추앙을 받았던 진소벽도 가보지 못한, 전혀 새로운 영역 안으로 발을 내디뎠다는 것이다.

제거 목표가 아직 살아 있다

심마는 일순 신기루나 허상을 보고 있는 느낌이다. 직전에 그는 조태강이 소멸하는 광경을 바로 눈앞에서 보았었다. 그런데 찰나의 틈을 두고 그 소멸되었던 존재의 부활을 다시 보고 있는 것이다.

'이게 어떻게 된 노릇인가? 도대체 무슨 일이 일어났단 말인가?'

그러나 그러한 부정과 의문은 그에게도 역시 피상적일 뿐 중요한 것은 아니다. 적어도 지금 이 순간에는!

지금 이 순간에 중요한 것은 제거 목표가 아직 살아 있다는 것과, 천망을 구성하는 제반의 장치와 시설들을 다시 한번 가동할 여력이 남았다는 것이다.

제거 목표가 부활했다면 그 부활마저 다시 지워 버리면 될 일이다.

그리고 어떻게 된 사정인지는 나중에 차분히 복기해 보면 될 일이다.

초월

쿠쿠쿠쿠~쿵!

천망이 다시 발동된다. 무한대의 융합 에너지장이 형성되고 초극의 압력과 파괴력이 김강한을 짓쳐든다. 이어 그것은 다시 가속되며 거대한 연쇄 폭발을 일으킨다.

쿠오오오~오!

천망의 내부가 이윽고 절대의 공간으로 화한다. 그 어떤 것도 그 어떤 강력한 존재도 버텨내지 못할, 설령 신이라고 해도 버티지 못할 절대지력이 지배하는 공간!

그러나 이번에 김강한은 그 절대의 공간 한가운데서 꼿꼿하게 버티고 서 있다.

아니, 그는 차라리 태연하다. 외단은 충분하고도 여유로워서 그것 스스로의 근원을 지키기 위한 최후의 선택 따위를 해야 할 필요는 조금도 없다.

그의 능력은 이미 초월의 영역에 속해 있다.

최후

심마는 도무지 납득하기가 어렵다. 천망은 이미 그 최고의 위력을 발하고 있는 중이다. 그러나 조태강에게 어떤 타격도 주지 못하고 있다. 지금 조태강은 천망이 장악하고 있는 절대의 공간 속에서 그 무엇에도 영향받지 않고 구속되지 않는 전혀 별개의 자유로운 공간을 구축하고 있기라도 한 것처럼 보인다.

그러나 납득의 여부와는 별개로 심마의 판단만은 분명하다. 지금의 상황이 무언가 잘못되고 있다는 것! 그렇다면 지체 없이 물러나야 한다는 것! 그러나 그때다.

"윽……?"

돌연히 무언가가 심장을 찌르는 듯한 섬뜩한 통증에 심마는 가슴을 움켜잡는다. 그런데 이게 무슨……? 가슴을 틀어쥔 그의 손가락 사이로 세찬 핏줄기가 뿜어지고 있다.

심마의 두 눈이 부릅떠진다.

무언가 그의 심장을 관통했다. 그러나 이건 결코 있을 수 없는 일이다.

그는 불괴불파(不壞不破)의 타이탄 내부에 있고 다시 천신갑이 그의 전신을 보호하고 있다. 그런데 어떻게……? 그가 미처 경각하지도 못하는 사이에……? 그러나 그에게 주어진 시간은 많지 않다. 부릅뜬 두 눈에 의혹을 가득 담은 채로 그는 고개를 떨어뜨리고 만다.

심마! 구대마존 중 심마존의 직계 후손이자 구마천의 대천주로서 전 세계를 암중에 장악하고 언제라도 그의 뜻대로 움직일 수 있는 능력을 구축함으로써 전설의 구대마존도 이루지 못한 진정한 군림천하의 포부를 이루었다고 자부하던 자!

한편으로 스스로의 재능과 역량에 더하여 다른 구대마존의 후예들을 능히 그의 뜻대로 조종하고 이용함으로써 마침내 그 일신의 능력만으로도 세상의 모든 것을 파괴하고 또 새로운 창조를 이룰 수 있는 무적의 절대자라고 자부하던 자!

그의 허무한 최후다.

어디에도 있고 어디에도 없다

심검(心劍)! 검공(劍功)의 궁극적 경지에 이르러 얻을 수 있다는 마음의 검! 곧 상상의 검이다. 마음이 닿는 곳이라면 무엇이든 벨 수 있으며, 단지 마음으로 살의(殺意)를 품는 것만으로 상대를 죽일 수 있다는!

타이탄의 내부에 있던 심마의 심장을 그가 입고 있던 천신갑마저 전혀 훼손하지 않은 채, 마치 그의 심장 내부로부터 무형의 검이 홀연히 생겨난 듯이 관통을 시켜 버린 것은 심검의 이치로밖에 설명할 수 없을 것이다. 물론 심검이 실제로 존재할 수 있다는 전제하에서!

그러나 김강한은 심검을 알지 못한다. 그는 다만 외단을 운용했을 뿐이다.

[어디에도 있고 어디에도 없다.]

금강부동공의 요결에 따라!

블랙홀

"크아~아아!"

타이탄 내부의 아래쪽 공간에서 한 가닥 괴성의 포효가 터져 나온다. 괴마다. 괴마존이기도 한 그의 폭주다. 심마의 죽음으로 그동안 그의 폭주를 억제하고 있던 통제력이 사라진 까닭이다. 그런데 순간,

쿠~오오오~오!

천망의 거대 에너지가 타이탄으로 집중된다. 괴마존이 받치고 있던 천망의 중심축에 불균형이 생긴 때문이다. 이어 타이탄의 내부에서 무언가가,

퍽!

하고 폭발하더니 한 무더기 검붉은색의 액상 물질이 마치 성난 해일처럼 타이탄 내부를 휩쓴다.

괴마존이다. 아니, 괴마존을 이루고 있던 물질들이다. 천망의 집중된 힘! 그 미증유의 거력에는 괴마존의 불사지체도 견디지 못한 것이다.

쿠~오오오~오!

그 미증유의 거력은 마치 끝없는 탐욕으로 에너지를 갈구하는 블랙홀 같다. 그리하여 마치 살아 있기라도 한 것처럼 공간 내의 또 다른 에너지를 찾아 움직인다. 괴마존의 그것을 월등히 능가하는 또 다른 강력한 에너지! 바로 김강한을 향해서다.

지켜야 할 것이 아직 남아 있다

김강한은 가만히 미간을 찌푸린다. 지금까지는 천망이 에너지를 가두고 있었으니 어쨌든 제한된 공간 내에서의 태풍이었다. 그러나 이제 저 무한대의 거대한 에너지가 고삐 풀린 망아지처럼 마구 풀려 나간다면 주변 일대는 거대 폭발을 맞은 듯이 혹은 대지진을 만난 듯이 폐허가 되고 말 것이다.

그리 되는 것은 막아야 한다.

적어도 이곳 지하 요새에는 그가 지켜야 할 것이 아직 남아 있다. 바로 진세희다. 그녀는 또 하나의 별개 외단에 감싸인 채로 지하 요새 내의 가장 깊숙한 곳에 위치한 안전 격실로 옮겨졌다. 그리고 박사의 흔적도 찾아봐야 한다. 비록 거대 폭발의 한가운데서 장렬히 산화했을지라도! 그의 한 점 유해라도!

무한대의 확장

한순간 김강한의 외단이 확장된다. 조용히! 그러나 거칠 것 없는 가히 무한대의 확장이다.

그럼으로써 다시 한순간에 천망은 외단 속에서 존재하고 있다. 그것이 아무리 거대하다고 해도, 미증유의 괴력과 끝없는 탐욕으로 에너지를 갈구하는 블랙홀이라고 해도, 무한대의 외단 내에 존재하는 그저 작은 한 부분일 뿐이다.

이어 천망이 품고 있던 모든 것은 외단으로 용화되고 조화를 이루고, 다시 내단으로 흡수된다.

궁극

김강한은 그의 내외단이 말 그대로 한계가 없어졌음을 느낀다. 무한의 광대함과 잠재력을 포용하고 있다.

그는 이윽고 궁극에 도달한 게 아닌가 하는 생각을 해보게 된다. 궁극! 금강부동공의 궁극 말이다.

내단의 완성으로 완전한 금강신(金剛身)의 금강불괴지신(金剛不壞之身)을 이루었다.

또한 외단의 완성으로 그 어디에도 없고 그 어디에도 있는 진정한 부동신(不動身)의 무궁지경(無窮之境)도 이루었다.

그러니 곧 금강부동(金剛不動)의 완성으로 마침내 마음이 일어 행하지 못할 것이 없는 궁극의 경지에 도달한 것이 아니겠는가?

신의 영역

김강한은 문득 어렴풋하다. 궁극 너머의 또 무엇에 대해서다.

최후 최종의 단계랄까? 어렴풋하긴 하되 그것은 아마도 초월의 단계일 것이다. 즉, 정신의 초월이고 마침내 신의 영역으로 진입하는 것이리라!

사실 그는 이미 그 초입의 단계에 서 있다. 그가 나아가고자 하면, 가볍게 한 발만 내디디면, 이제껏 누구도 가보지 못한 세계, 신의 영역으로 들어갈 수가 있을 것이다.

그러나 그는 오히려 한 발을 뒤로 물린다. 더 이상 나아가지 않기로 한다. 그냥 이쯤이면 족하다 싶다. 이쯤에서 멈추는 게 좋겠다 싶다.

이런 기회가 결코 다시는 오지 않으리라는 것을 안다. 그러나 후회는 없다. 더 이상 나아가고 싶지 않다.

신이 되고 싶지는 않다. 그냥 인간으로 남아 있고 싶다. 불완전할지라도, 그래서 끊임없이 오욕칠정에 시달리더라도 인간으로 남고 싶다. 비록 이미 평범하게 되돌아가지는 못할지라도, 평범한 체라도 하며 그저 인간으로 살아가고 싶다.

진정한 초월

진소벽은 안타깝다.

김강한이 자신이 창안한 금강부동공의 궁극에 도달했음과, 다시 그것을 넘어 또 다른 초월의 단계로 넘어갈 수 있음에도 스스로 그 길을 가지 않았다는 것을 그녀도 어렴풋이나마 공유한 까닭이다.

[너는 왜……? 능히 갈 수 있음에도 왜? 궁극 그다음의 경지로 내쳐 나아가지 않느냐?]

그녀의 안타까운 물음에 김강한이,

[훗!]

가볍게 실소하곤 여전히 웃음기가 녹아든 투로 반문한다.

[그딴 이상한 데로 굳이 가야 할 필요는 없는 것 아냐?]

[그딴 이상한 데라고?]

진소벽이 차라리 어이없어하며 반문하더니, 문득 슬그머니 돋아나는 웃음기를 참지 못해서,

[후~훗!]

하고 생각 없이 웃어버린다. 그러고는 이윽고 수긍한다는 투로 사유를 보탠다.

[그딴 이상한 데라……! 그래, 그딴 이상한 데가 맞구나! 그래, 그렇지!]

김강한이 지금 어떤 경지에 이르러 있는지 그녀는 이제 짐작조차 하지 못한다. 그는 이미 초월의 경계마저 넘어선 것인지도 모른다.

아니, 그는 넘어섰을 것이다.

다만 그 스스로의 의지로 다시 경계 이쪽으로 넘어와 있을

뿐! 그런 의지! 그런 것이야말로 진정한 초월이 아닐까?

항상 명심하라고!

진소벽은 짐작해 본다. 궁극마저 초월한 김강한의 능력을 빌리면 그녀가 다시 시공간 초월해 그녀의 원래 세계로 복귀할 수도 있으리라고!

그러나 그녀는 결국 포기한다. 그녀가 원래 세계로 돌아가면 그곳 세계는 어떤 식으로든 조금쯤이라도 변하게 될 것이다. 그리고 그 조금쯤의 변화로 인해 현재의 이곳 세계는 엄청나게 달라질 수도 있는 일이다.

그리하여 만약 금강부동공의 궁극과 다시 그 너머로의 초월이 이루어지지 않게 된다면? 그것은 안타까운 정도를 넘어 끔찍한 일이 될 것이다. 그것은 정말이지 그녀가 바라지 않는 일이다.

또한 세상의 이치는 결국 순리여야만 하리라! 시간도! 역사도! 사람의 운명도!

그녀가 의도치 않게 순리를 거스르는 역리를 범했지만, 결국 마지막은 순리로 돌아가야 하는 것이다.

그녀가 돌아가야 할 마지막의 순리! 그것은 바로 무(無)일 것이다.

생자필멸(生者必滅)! 무(無)에서 왔다가 무(無)로 돌아가는 것! 그것이야말로 세상에 존재하는 만물 중 그 어느 것도 결코 거스르지 못하는, 그럼으로써 영원히 지켜져야 하는 절대의 순리일 테니 말이다.

[어차피 그러할진대, 더 이상 미룰 의미는 없으리라!]

그녀는 스스로의 마지막 의지를 돋우어 이윽고 완전한 소멸을 선택하려 한다. 그러나 그때다.

[당신은 나의 일부야! 존재와 소멸조차도 내 허락 없인 절대 불가능하다는 걸 항상 명심하라고!]

김강한이다.

안도

쿠르르~릉!

그나마 몇 군데의 공간을 지키고 있던 지하 요새에 전면적인 붕괴가 일어나기 시작한다. 무너지는 흙과 바위 속으로 타이탄과 각종의 로봇과 전투 머신들이 묻히고 있다. 언젠가 가까운 장래에 그것들이 발굴된다면 세상에 큰 화제가 될지도 모를 일이다.

급속하게 무너지는 공간의 틈새를 뚫으며 김강한은 유유히 한 곳을 향해 간다. 쏟아지는 흙더미도 거대한 암석도 그를 침범하지는 못한다.

그는 이윽고 진세희를 발견한다. 안전 격실은 반 너머 부서진 상태지만 그가 씌워준 별개 외단의 캡슐 덕에 그녀는 무사하다. 그는 비로소 안도한다.

최유한 박사의 흔적을 찾는 일은 포기하기로 한다.

굳이 그렇게 하지 않아도, 또 비록 붕괴되어 지하에 묻힌다고 하더라도 이곳 지하 요새야말로 최유한 박사의 온전한 흔적이리라! 그의 빛나던 신념과 정신과 또 그와의 추억을 영원히 보존해 줄!

다음 한 순간 김강한과 진세희의 모습은 그 자리에서 사라진다.

어디에도 있고 어디에도 없는 금강부동공의 궁극이 발휘된 것이리라!

그럴 때는 성질대로 하자!

인간은 결코 절대 선(絶對 善)이 될 수 없다.

절대 선은 신의 영역이지 결코 인간의 영역이 아니다.

따라서 인간이 인간을 심판하고 처벌하는 것은 근본적으로 부적절하다.

그러나 인간 사회를 구성하고 유지하기 위해서는 또 반드시 필요하다.

그리하여 그 부적절함을 그나마 최소화하기 위해 만든 것이 도덕이고 규범이고 최종적으로는 법이다.

그렇듯이 아무리 분명해 보이는 상황일지라도 법체계를 통하지 않은 심판과 응징은 결국 명백히 부적절하다.

특히나 무력, 재력, 권력 등 상대 우위적인 힘을 지닌 자가 상대적으로 그렇지 못한 자를 심판하고 처벌하는 데 있어서는 더욱이 그렇다.

그래서 이제쯤에 우리는 뒤로 빠지자!

그러나… 정히 눈꼴사나운 일에 맞닥뜨린다면, 그럴 때는 성질대로 하자!

우리는 역시 불완전한 존재들이고, 그게 우리의 한계임을 인정하지 않을 수는 또 없으니까!

—김 강한—

결국 누구에게나 가장 중요한 것은

엄청난 능력이 생긴다면?

그래서 적어도 무력으로는 누구든 이길 수 있는 절대의 위치가 된다면?

우리는 무엇을 할까? 무엇이 하고 싶을까?

그러나 어쨌든 인간인 이상에는 그 능력에도 무력에도 한계가 있게 마련이다.

그리하여 결국에는 자신에게 주어진 삶을 받아들일 수밖에 없다. 다른 누군가의 인생을 근본적으로 바꿀 수도 없다. 각자의 인생은 각자의 것이니까!

결국 누구에게나 똑같이 가장 중요한 것은 지금 이 순간을 얼마나 충실하게 또 소중하게 사느냐 하는 것이 아닐까?

『강한 금강불괴되다』 완결